Lojaliteten

忠 诚

图书在版编目(CIP)数据

忠诚/(瑞典)埃斯普马克(Espmark, K.)著;万之译.
—上海:上海人民出版社,2014
(失忆的年代)
书名原文:Lojaliteten
ISBN 978 - 7 - 208 - 12037 - 2

Ⅰ.①忠…　Ⅱ.①埃…　②万…　Ⅲ.①长篇小说-瑞典
-现代　Ⅳ.①I532.45

中国版本图书馆 CIP 数据核字(2014)第 001250 号

Lojaliteten
© KJELL ESPMARK 1993
ISBN 91 - 1 - 300698 - 3
1993 年瑞典北方出版社(Norstedts)第一版

Thanks for the Support from Swedish Arts Council

出 品 人　邵　敏
责任编辑　邵　敏
助理编辑　崔　琛
封面装帧　王小阳工作室

世纪文睿出品
Century Literature

忠诚
[瑞典]谢尔·埃斯普马克 著　万　之 译

出　　版　世纪出版集团 上海人民出版社
　　　　　(200001　上海福建中路 193 号　www.shsjwr.com)
出　　品　世纪出版股份有限公司上海世纪文睿文化传播分公司
发　　行　世纪出版股份有限公司发行中心
印　　刷　常熟兴达印刷有限公司
开　　本　787×1092　1/32
印　　张　4.5
字　　数　65 000
版　　次　2014 年 2 月第 1 版
印　　次　2014 年 2 月第 1 次印刷
I S B N　978 - 7 - 208 - 12037 - 2/I·1219
定　　价　20.00 元

KJELL ESPMARK

[瑞典] 谢尔·埃斯普马克　著

万之　译

失忆的年代长篇系列之四

Lojaliteten
忠　诚

世纪出版集团 上海人民出版社

中文版序

　　这个小说系列包括七部比较短的长篇小说，形成贯穿现代社会的一个横截面。小说是从一个瑞典人的视角去观察的，但所呈现的图像在全世界都应该是有效的。人们应该记得，杰出的历史学家托尼·朱特最近还把我们的时代称为"遗忘的时代"。在世界各地很多地方都有人表达过相同的看法，从米兰·昆德拉一直到戈尔·维达尔：昆德拉揭示过占领捷克的前苏联当权者是如何抹杀他的祖国的历史，而维达尔把自己的祖国美国叫做"健忘症合众国"。但是，把这个重要现象当作一个系列长篇小说的主线，这大概还是第一次。

　　在《失忆的时代》里，作家转动着透镜聚焦，向我们展示这种情境，用的是讽刺漫画式的尖锐笔法——记忆在这里只有四个小时的长度。这意味着，昨天你在哪里工作今天你就不知道了；今天你是脑外科医生，昨天也许是汽车修理工。今天晚上已经没有人记得前一个夜晚是和谁在一起度过的。当你按一个门铃的时候，你会有疑问：开门的这个女人，会不会是我的太太？而站在她后面的孩子，会不会是我的孩子？这个系列几乎所有长篇小说里，都贯穿着再也找不到自己的亲人或情人的苦恼。

失忆是很适合政治权力的一种状态——也是指和经济活动纠缠在一起的那种权力——可谓如鱼得水。因为有了失忆，就没有什么昨天的法律和承诺还能限制今天的权力活动的空间。你再也不用对自己的行为承担责任——只要你成功地逃出了舆论的风暴四个小时，你就得救了。

这个系列的七部作品都可以单独成篇，也是对这个社会语境的七个不同的切入视角。第一个见证人——《失忆》中的主角——是一个负责教育的官僚，至少对这方面的灾难好像负有部分责任。第二个见证人是一个喜欢收买人心的报刊主编，好像对于文化方面的状况负有部分责任

（《误解》）。第三个见证人是一位母亲，为了两个儿子牺牲了一切；儿子们则要在社会中出人头地，还给母亲一个公道（《蔑视》）；第四位见证人是一个建筑工人，也是工人运动的化身，而他现在开始自我检讨，评价自己的运动正确与否（《忠诚》）。下一个声音则是一位被谋杀的首相，为我们提供了他本人作为政治家的生存状况的版本（《仇恨》）。随后的两个见证人，一个是年轻的金融巨头，对自己不负责任的经济活动做出描述（《复仇》），另一个则是备受打击被排斥在社会之外的妇女，为我们提供她在社会之外的生活状况的感受（《欢乐》）。

这个系列每部小说都是一幅个人肖像的细密刻画——但也能概括其生活的社会环境：好像一部社会史诗，浓缩在一个单独的、用尖锐笔触刻画的人物身上。这是那些伟大的现实主义作家如巴尔扎克曾经一度想实现的目标。但这个系列写作计划没有这样去复制社会现实的雄心，而只是想给社会做一次 X 光透视，展示一张现代人内心生活的图片——她展示人的焦虑不安、人的热情渴望、人的茫然失措，这些都能在我们眼前成为具体而感性的形象。其结果自然而然就是一部黑色喜剧。

这七个人物，每一个都会向你发起攻击，不仅试图说服你，也许还想欺骗你，就像但丁《神曲·地狱篇》中的那些人物。但是，这些小说里真正的主人公，穿过这个明显带有地狱色彩的社会的漫游者——其实还是你。

[签名]

2012 年 9 月

译注：

托尼·朱特（Tony Judt，1948—2010）为英国历史学家，其代表作是《战后：1945 年来的欧洲史》。米兰·昆德拉（Milan Kundera，1929— ）为长期流亡法国的捷克作家，代表作有《生命中不能承受之轻》等。戈尔·维达尔（Gore Vidal，1925—2012）为美国作家，擅长创作当代历史小说。所谓"健忘症合众国"英文为 United States of Amnesia 和"美利坚合众国" United States of America 谐音押韵。

"历史"是从一九〇九年开始的。这个国家处在一种静止不动的状态已经有好几天了，或者说有几个月了，因为大罢工而陷于瘫痪，软弱无力地等待着翻天覆地的大变革。洪斯堡区的广场上人山人海，人们聚集起来听布朗廷的演讲，而工人们都因为饥饿好像身体都透明了，他们已经准备好做任何事情：成千上万的人已经绝望，也再也没有什么可失去的了。

　　他站在那个让演讲者站立的椅子上，身体微微向前倾斜，好像是被那巨大的金属一般的络腮胡子的重量压着。青铜般的声音闯进人们的感官；当人们听他演讲的时候，甚至嘴里都会感觉到金属的味道：

　　——同志们！

　　在他的身后，树林耸立，满树的叶子透明得灿烂。而草地闪耀白光，所有人的脸上也都在放光，一个人的光可以照透另一个人，就好像肉体的缺乏本身已经转化成了能量。在这越来越光亮的光亮之中，只有衣服成了灰色的斑点。

这是革命即将爆发前的时刻。我才九岁，第一次参加一个会议。当它发生的时候，我**必须**在那里。我是用整个身体在倾听着。嘴唇在跟随着他的话而变换口形，手掌里在撕裂，耳朵里变得炽热。我的身体每一块都在跟随着布朗廷火星四射的语句中正形成的东西。

这时有一阵风刮过聚集的人群。在远处正出现一种骚动不安。人群分开了，为某种异样陌生的东西让路。现在我看见了很多马，还有在人群之上飞舞的皮鞭，但鞭梢并没有触碰到什么人。有两辆平常拉啤酒的大马车向前滚滚驶来，每辆都用六匹威风凛凛的骏马拉着，在车板上装着巨大的啤酒桶。

——拿去喝吧，不要钱，这是啤酒厂送给你们工人的礼物！有两个衣服穿得比车夫好看的大汉叫喊着。

于是这个巨大而透明的群体在几秒钟里就解体了。所有人都离开了布朗廷这边，涌向了运啤酒的大马车，酒勺子已经从一张嘴传到了另一张嘴。每个人现在都只顾自己了，又黑暗又孤独，被一种饥饿激怒，而这种饥饿在一瞬间就转化成了干渴。每个人都只有一个渴望：在别人之前挤到啤酒桶那边去，别等到啤酒流完的时候。再也没有人听演讲了，演讲者已经再也不**存在**了。啤酒这么快就征服了这些饿坏了的人，这是过去从未有过的事情。很多人在吼叫着什么，远远地听起来就像《工人之子》那首歌，其他人已经躺倒在草地上，让高举的酒杯里的啤酒淋在自己的脸上。

我想我是唯一还站在演讲人站的椅子前面的人。我能看到，在人群散开的时候，布朗廷怎样变得越来越绝望。他还是继续说着说着，但是感觉好像没有什么词再从他嘴里出来。看上去他对疏散开去的人群感到很困惑。我成功地捕捉住了他的目光，有一瞬间，他对着我一个人说话，又好像我也是很多人：——同志们！我们失败了，我们的对手已经把我们的腿打掉了。我们会回来的。回家去吧，等待进一步的命令！这次的失败将是我们新的开始。我们伟大的事业始终在等待我们去完成。我们会回来的。

但是，从讲坛上艰难地爬下来的这个人物，和这些豪言壮语实在看不出什么相像之处。刚才还显得高大，一下子又变小很多，还因为失败而有点佝偻，他的脸上闪着泪光；有一滴闪光的泪珠还挂在大胡子上。他转过身去，用袖子擦拭眼睛。然后他大声地擤鼻涕，让目光掠过被踩踏

3

得一片狼藉的草地，这里刚才还站满了革命的群众。然后他就发现了我，脸上露出了一半的微笑。他走过来，搂着我的肩膀说：——原来只剩下你和我啦！

我有点难为情。在我们家里，没有必要是谁也不会搂住谁的。不过，我当然还是让他搂着我，感觉我的眼睛里都充满了泪水——可不能让泪水掉下来啊！尽管掉眼泪也许并没有什么关系。不管怎么说，我是唯一留下来的人。

布朗廷看了我一会儿，但是他的目光其实落在离我很远的地方。于是他收拾好他的讲稿就匆匆离开了。我隔开一点距离跟在他后面，有时候他会从我的视野里消失，不过奇怪的是我还能找到布朗廷在皇后街上的房子。就在天文台那个山坡的下面。我肯定是在跑腿送信的时候到过那个地方，也许是为人送花。合理地判断，那个时候我还太小，不会给人背冰块到冰箱去。或许就是小冰块，那种两毛五的冰块。不过我不记得了。

最后一段路我看不见他，我是跑着去才赶上的，在大门口还几乎撞到了他身上。他有些诧异地看着我。只有我能看到他刚才哭过了。

——你这孩子，一直跟着我吗？

我默默点点头。

——那最后这段路你也得跟着了。

于是他就抓住我的两个肩膀，一只手抓着一个。我的感觉就像是一个雕像抓住了我。他不说一句话——也不需要说什么话，只是盯着我的眼睛看了很久。这是一种默契，因为太大而不能用言语来说了。我咬住牙关，为的是不让自己因为高兴而哭出来。

"忠诚"就是从这里开始的。

是啊，我注意到了，当我说"历史"是从一九〇九年开始的时候，你吃了一惊。大多数人当然会觉得嘴里说到那个词就已经有点缺德了，不过，我认为你并不属于这种人。有人说，整个事件能够稍微早一点开始就好了，不要偏偏就是一九〇九年。说说容易，但是我的材料是从那年开始的。这个文件夹——夹子的脊背上还用印刷字体写着"历史"这个词——没有一页能回到更早的年代。而除了我的资料来源之外也没有任何其他资料来源了。"历史"就是从夹子里的那些文件开始的。在这些文字之前什么都不存在。

我当然明白，在一九〇九年之前也一度存在过一个世界，但是那个世界和我们没有同样意义的关系。我们国家的历史其实就是我们工人运动的历史——其他的不过是襁了色的军团旗帜，是成了碎片剥落的潘趣酒门廊而已。让我感到有点痛心的是，有关工人运动本身在上一世纪的发展的资料来源都已经丢失了。曾经有人在什么地方谈到过一个叫帕尔姆的裁缝，但是他到底是格林兄弟童话里的人物，还是属于工人运动的传统，并不是很确定的。

因为一九〇九年也代表着那个创造的时刻——在那次失败中诞生的是胜利，所以一九〇九年其实是个好年份。

我得承认，这种看问题的角度有限，是限制在一种狭窄的本国范围内的。在本国之外其实还有大事情发生，比如在英国、奥匈帝国、美国和比属刚果，但是来自那里的回声只是远远地传到这里，归根结底，要传到我们的被保佑和关怀的这个阶段也还有很长的距离。你也知道，对于世界其他地方来说，我们在将近一个世纪里在这里创造出来的是一个典范。事实上，要是我说，就在这一百年中，这种发展的心脏是在我们这里，也不会有任何令人不愉快的反对意见。

我现在是唯一的知道这一切是怎么发生的人。答案就在这个文件夹子里，当然，也有片断残留散乱在所有这些文件堆里。如果我早知道有这么好的客人来访问我，我会收拾整理一下。不过，就在这个房间里，收集了我们整个失去的历史。我当然也不会否认，还有一部分历史是在我

7

的脑子里。那些生活在离中心比较近的地方的人显然把一切都忘记了，但是我一直让自己处在边缘的位置，还留下了相当多的东西。有时候，记忆的宽带会穿过我的头脑。这就是那些卑贱者的财富。我也会反反复复地通读我自己的笔记本，由此让我保持良好的状态。我刚才给你讲的布朗廷的那次失败，是那种我自己经常提醒我自己的事情，也就不敢把它叫作记忆了。

此外，自然还有很多日常生活中乱涂乱写留下来的东西，那是我这辈子没法记住的。比如说，这条街道叫什么名字，或者是哪个党此时此刻会以为他们在掌权。但是我还是能够经常出去一小会儿，不是去大门旁边的伊卡超市看看，就是去街角那边的邮局转转，这样我就能让我的生活不散架。

不过，只有到了领退休金的时候，我才敢走那么远。那时候我就把这根线的一头绑在大门的把手上，把另一头绕在我的手腕子上。正好足够长。要不然，我就不出去，就守在我的房间里。

今天我这里有点特别的乱，因为我在收拾行李。这个旅行箱，所有这些衬衫短裤鞋子袜子，还有上帝才知道的所有这些东西，要不是这次重要旅行用得着的话，我都放到一边去了。你可以想到吧，这件事情对我有多么重要的意义，我还得带好我的线。

想一想吧，弗莱瑟要在我出发之前做整整一版有关我的报道。"跟这个世纪同岁的工人"——这可是不错的大标题啊。顺便说吧，我还有几张不错的照片，你也可以拿去用在这篇文章里。这张你得拿着——这是亚尔马·布朗廷，就是我刚才讲给你听的这个人。是啊，你太嫩了，根本就没听说过这个大名，不过他可是我们第一个伟大的政治家，是我们这个历史里的打开大门的领头人。如今的政治家都是些毛头小伙子。不过这不是我要说的事情。要说这段历史，我也要低调一点吧。这个词当然是禁止上这张报纸的吧。只要弗莱瑟知道我会提到这件事情，他肯定就会火冒三丈的。

实际上，弗莱瑟就是早先的主编呀。不过，我明白，跟他打交道，就和跟很多其他主编打交道一样：要想真正甩开他们是非常难的。到底是什么时候他曾经召我去开会我已经没有任何记录了。不过感觉好像还是不久之前。他一刻不停地盯着我看——他把自己也镇住了吗？到了最后我都有点困惑了。不过他是这么说的：——要写出报纸来的，是你，是你的那些东西，是老百姓要来写。你要用你的梦想来写，用你的渴望来写。在报纸上要有你的呼吸，在关于你此时此地的那些新闻中间就要有你的呼吸。

话是说得蛮漂亮的。不过这个里面的材料，自然是他不愿意知道的。

但是也有其他人，对于所有我这些文件代表的东西，还是有更高的评价。是从这些人那里，我期待着对我全面和概括的看法。是啊，我有一个任务，是从哪个方面来的我不能告诉你。不过，也许有一两个人能认识到，在一个所有人都失去了找到方向的能力的时代，它能提供什么样的权力，让人看到在这种情况下我们的位置。他们也能认识到，在如今这种时候，没有人能再记住一点东西，甚至连手里拿着的钥匙开什么门都不知道，更别说自己从哪里来到哪里去，要是你能抓住我们背后发生的事情，那就能开创什么样的可能性。有人——或者是有些人——已经认识到了，历史的意义已经交给我这样的任务，要整理一点信息，告诉大家我们是怎么走到我们现在到达的地方。告诉大家，在这条路上，我们选择了什么没有选择什么。更多的我就不能说了，至少现在我还不能说。

不过，这些事还是很明显的。在克利夫讲到"听听我们工人运动的声音吧"，那个意思就是他来找过我了，跟我坐在厨房里，边喝淡啤酒边问我：——他妈的，我该往哪个方向走？我就把文件夹拿出来，我们就从过去发生的事情里去找到解决的办法。你总得想想，克利夫是瑞典的首相，还坐在我的厨房里我的破桌子旁边，转着手里的啤酒杯，用束手无策无可奈何的眼光看着我。

　　这一点点插曲微不足道，你就不要当回事了。艾斯基尔总是这样子走来走去嘟嘟哝哝。有的时候他像疯了，把我逼到墙角无路可走，不过这种情况你也不要死命追问了。我们吵了很久，我们俩没一个能记住吵了多久了。对了，你一定明白，艾斯基尔是怎么回事。或许，你还没听说过我这个老大哥吧？要是没听说过，你就不明白了，为什么他其实看上去像更我的儿子。他三十九岁了，再也不会变老了。我还从来没听过什么人死了之后还能变老。对了，胡子可能再长长一点，指甲也是，不过其他方面就到了最后的年纪了。算我们运气好，没很多死人还会在路上为我们跑来跑去。大多数人很快就消失了。不过，艾斯基尔不会消失。他黏糊着呢，就像一种良心不安，跟你没完。而且他那边还有一个子弹孔，那个额头上的小小的子弹孔，周围还血淋呼啦的。不管我是什么原因来的，他总是能指给我看他那个从西班牙得来的伤口。他为他认为正确的事情付出了生命的代价。好像我就没有付出生命的代价似的。只有吃了子弹的才算数。

　　他对我整理出来的历史当然还是感到好奇的，不过他首先还是想钻到里面去，又没有什么关系。过去的无政府主义者曾经就是这样的——他们在什么地方都找不到自己

11

的归宿。那么，**我们**要创造的，其实就是一个归宿。

今天他很压抑。这跟我的旅行有关系。他当然想跟我一起去，他总是跟着我的，不过……算了，我没有权力深入去谈，这是为他考虑的事情。我不知道，我对你可以信任到什么程度。

你注意到了吧，这里面呼吸有点困难，尽管我把通风口都打开了。我们周围堆着这些文件，造成这种结果本来也是很有道理的。所有这些人的命运，还有急迫的事情，都会让你感到胸口压抑。不管怎么说吧，在这个房间里，我有这部历史。

不过，现在并不是过去的历史让你难以呼吸，而是那种悲哀。我对你，肯定也不能掩饰我的悲伤和苦恼，虽然我们也才刚刚认识。你当然会注意到这一点，就像从这些桌布里散发出来的气味，还有我的声音里的颤抖。我就是不知道，我是不是还有勇气进入到这么敏感的话题。其实我还不认识你。我也不是那种很愿意谈自己感情的人，谈那种难以启齿的事情。我们看情况吧。

你到这里来也是为了了解其他的情况吧。我会尽力而为的。不过，首先我得向你说明，整个事情怎么开始的。我要告诉你那个建筑，是它打开了我的眼睛，让我更深地进入到了"忠诚"里。

这要讲到角度大街上的一个建筑。对了，这条街后来当然有了另外的命名，不过那个时候就叫角度大街，确实是一个很合适的名字。角度大街是在一个像是王宫的带有阳台和尖塔的房子旁边一个六十度的转弯开始，离一个名贵的花园只有一箭之遥。就好像整个资产阶级的时代都挤压在这个沉重的房子里。橡木大门的打磨讲究的窗棂里闪着光。门后是一片绿色的幽光暗影。这样的大门是要有点地位的。

　　我们也参加了这座房子的建筑，父亲和我。这是父亲一生最后的日子。

　　这个房子本身能说明不少事情，告诉你我们这个国家是怎么回事。最近这几年，这个问题一而再再而三地被人提出来——我这里有几张剪报，可以证明这种情况。从我们的角度来看，说的当然是一九三二年我们党掌权之前瑞典的那种未发展状态的悲惨；整个现代的繁荣富强都是我们的大业。从反对党的角度看，得出的结论正好相反，是个相反的图景：是市场的力量建设了我们这个国家，这个早就从上世纪末开始了——这么久远的事情现在谁还能知道一星半点——而工人政府只是摘桃子，收取的是大胆的企业家创造的果实。不过，在这样的历史描述中，两方面都缺少材料。我的文件夹可以提供这方面的信息。事实上在我们掌权之前的时代，就有一些有限的繁荣富强了——而这确确实实是资本创造的——不过，这是用我们的生命作为建筑材料的。这在角度大街上的这个建筑中就可以看出来。所有这些都在这个文件夹子里可以找到，用的还是有点幼稚的手写体。

它们描绘了建筑的不同阶段——铺瓦、装配门窗、抹灰刷墙等等——这些都是彼此穿插起来的，就好像整个房子的建筑从开始到结束也就是几个小时，就在我父亲掉下来的这一天里。有些工人在疼痛的脊背上背着砖瓦爬上这座越来越重的房子，而木匠已经站在悬在半空中的木屑云雾里干活了。不过，背瓦的人在梯子上每爬上一格，就好像变得轻松了一点，那些木匠呢，每次用刨子刨一下，自己身上就会散落一点碎片。就好像每个工序里，他们身上都会有一点东西被吸到这个房子里。这种情况起先几乎是没人注意到的，但是过了一会儿，其结果就会变得非常明显了。那个正在安装护墙板的人，一锤子一锤子地敲，其实就是把自己的生命也敲到这座房子里了。在这个不断长大的房子里，他花费的时间要比建筑师用的材料还多。他的工资就是失忆。铺地板的工人有静脉曲张——他落在地上的影子看上去就像一条鸡肉丝——他嘟嘟哝哝地把自己的不安也铺到这个八边形实木拼合的地板里。他会留在这个地方，就像一点微弱的烧焦了的烟味：一个褪掉颜色的故事，有关同样透明的孩子，有关一个母亲，她很渺小，不会大于她的诉苦。正在房椽上飞翔的铺金属板的工人，带着哗哗作响的金属板，那块板一下又一下地发出无政府主义分子的预言，也别管他自己叫什么了。于是推迟了那么久的革命就突然到这里来了——为的是在下一刻又消失不见，就像那些雨燕，有时突然飞来，又转身消失在虚无之中。在用锤子敲了几下之后，他反叛的声音就被房子的桁架吸收掉了。那个擅长泥灰装饰的意大利人，已经学会了用瑞典语拼写"团结"两个字，从他那已经发白的绿色中声嘶力竭地叫喊着：——"坚持住！"

而灰泥已经把他吞吃掉了。

这里让人闻到无穷无尽的犯罪气味。

这些家伙，我的父亲还有他的同志们，是用他们的命在盖一座城市，这个城市的设计就是要把他们囚禁起来。我希望我能把所有这些事情口授给那个已经坐在某个明亮的办公室里的办公桌前的人，让他记录下来，那个人觉得自己具有词语的权力。我自己那个时候还没有开始在青年俱乐部里写会议记录。不过有人已经说我有这种天赋，很会干这种记录工作。

　　但是这些人正在不停地被消费掉，已经消失在墙壁和地板里。他们是不肯放弃的。我看得见在他们中间生长起来的东西，看得见一种共同的权力，从他们无论如何还保留得住没有被这个饥饿的建筑吞噬掉的身体残余里钻出来。我看得见，"忠诚"怎样犹犹豫豫地开始形成。

　　现在我到了很多层楼里的一层。这层楼几乎已经盖好了，尽管在继续张着口吞食的墙壁上父亲还在砌砖头。对了，看上去就是这个样子。我小心地从他们正在铺设的地板上走过去。父亲那个时候还没掉下来，这个时刻还没有获得什么意义。我要到厨房那边的一个房间里去装门把手和防护金属板，但是一进大门就被那里的气派惊呆了。这个八角大厅比我家拥挤在一起的全部空间都大。这下我也明白我家缺少的居住面积是到什么地方去了。在这里你就已经被彻底粉碎了：那些通往不同方向的门都打开着，在它们后面是更加扩展的巨大空间，还有很高但是带有小窗格子的窗户正被装上去，下面都还有大理石做的窗台，有微微发亮的拼接地板，就在我跨进去的那一瞬间还在装深色的镶嵌边框。有一个敞开着的壁炉，正在等待装上黄铜的饰件，还有只起美化装饰作用的炉火——这里的每个窗户下面都已经有散热片了，足以把寒冷抵挡在外面，谈不上用炉火取暖。墙纸已经在一个宽大的架子上卷开来，裱画匠正在上面刷浆糊，而浆糊很快也就要把他给捕捉起来了。我没等有人来阻止我，就打开了一卷墙纸的一小块看看——这里画着郁郁葱葱的树林，还有鸟语花香，欢迎我进去做客。我被吓了一跳，不由退了一步。现在我更加小心地试试拉开客厅和饭厅之间的滑门。这个门的声音听起来很高傲，让我明白，当这个门关闭的时候，有人会在那里为重大的宴会铺设餐具，有波西米亚水晶杯和充满艺术性的餐巾，等到一切就绪，烛光在酒杯和桌布上摇曳，这门又会拉开。在这个滑动时无声无息的滑门里，就能看到全部的生活方式的光彩。

但是，现在我站在这里，正在给图纸上叫做侍女室的门装门把手。而且我相信现在我才明白这是什么意思。因为这个门把手不像这层楼里其他门上的那样是用纯粹的黄铜做的，而是用一种黑色硬胶木做的，而且衬板也就是镍制的。侍女的洗脸盆只有一个冷水的水龙头，在短墙边只有一个很小的散热片，对于这个小小的狭窄的房间都显得过分小气了。里面的厨房却有着真正的灶台和洗碗池，但是很低矮，就好像主人考虑雇用的下人都是侏儒；女佣人的脊背看来也是消耗性的材料，跟卫生纸一样。

这里的人，是不管"其他人"的。那些人就像堵塞墙缝和铺平地板的材料。我感到一种彻骨的恐怖的寒意，向下一直滑到我的大腿根。父亲！

不过我父亲是个万无一失的泥水匠和砌墙工。他能在半空中连走几步也不掉下来。在难以砌到的地方，他甚至会横着身子转过去砌墙，一手拿着抹灰泥的抹刀，一手拿着一块砖头。他是那么沉着稳健。但是我不知道的是，就在这个早上他失去了他的勇气。我母亲已经从医院里得到了坏消息，但是我还不知道。

父亲知道。

我听见那声喊叫的时候抬头往上看。我看见他掉下来了。我不知道，是因为我像石头一样僵住了，还是我把这个倒霉的时刻越拉越长了，但是我看见他掉着掉着掉着。就好像他是飘着，不会受伤的，尽管他是头朝着地倒栽下来的。

很明显，搭的脚手架是过分小气省钱的。踏板在沉重的脚步下会被压弯，而扶手是用很脆弱的木头做的，被某个上头派来检查的家伙叫做"船舷"，中间还有一个树节留下的大洞，也就是在这个地方断裂出事的。可是这根本就不会让父亲当回事，至少在他还有自信的时候不会。

可现在他掉下来了。也没有什么勇气能阻挡住他往下掉。

我现在还能在我眼前看见，当建筑公司的领导下结论说是去世的弗雷德自己太大意不注意安全的时候，他的同志们多么愤怒。我也能看见在葬礼上堆积得像小山一样的红色花束。还有那顶帽子，人们悄悄地传递着，给新寡妇募捐一点小钱——她自己刚刚得知她有了癌症。幸亏两个儿子已经都足够大了。

但是，笼罩了这一小群人的还不是这个。围着棺材的这些汉子，或者说那些还没有在建筑中完全消失掉的那些汉子的残余，比你肉眼能看到的更加团结。从每个人的愤怒和沉痛心情中，正升起一种共同的东西，它比他们全部加起来还要大。

从这种东西里生长出了忠诚，尽管对于斗争来说还不够强大。而这种忠诚会保护我们，阻止那些要把我们都吸收到这个建筑的墙壁和大梁里的那些力量。

我也看见，那些资产阶级的房子怎样越变越大了。它因为所有它捕捉住的生命而膨胀，因为墙壁里扼住喉咙发不出声音来的喊叫而膨胀，因为在双层地板里聚集的绝望而膨胀，也因为那些大梁里吸收了呼吸而膨胀。在砖头砌起来的墙壁里面，有我的父亲在漫游。每过一个小时，这个建筑就更高一点，也更强大一点。但是它并不是真的在长大。那些树叶子是石头做的，花束是石膏做的，越来越深的绿荫是粘贴起来的报纸做的。

而真正在长大的是"忠诚"。

我记得我的青年时代，就像一个被磨损的楼梯，里面充满着说话的声音和人们的吼叫，有奔跑的脚步声和水桶晃荡的声音，而且还一直有煮圆白菜的气味。它和角度大街的楼梯差距真是太大了，那里的台阶是大理石的，电梯门是镀金的，还有钢化玻璃马赛克的窗户，而最突出的是它的安静无声。在那里，所有事情都可以在沉重的大门和窗帘后面去做，让你的全部生活都完全供你个人使用，你可以吵架，可以做爱，可以出生，也可以咽下人生最后一口气。在我们的楼梯里，我们的存在是大家分享互相。那个五金工星期六晚上喝醉酒揍他老婆和孩子的时候，诅咒和哀嚎就落在我们的厨房里。艾斯基尔和我把我们在国王岛岸边偷来的木柴拖上楼梯的时候，整个楼的人都能听到我拖的木柴在楼梯上掉落的声音。我们听见小丽娜是怎么造出来的，又是怎么出了她娘肚子的，我们也听到她和她的小兄弟是怎么染上西班牙瘟病一个个死去的。那些小棺材是大伙儿分摊的。必须铺在楼梯上用来减少嘈杂声的小树枝是我弄来的，艾斯基尔用梳子吹了一段悲哀的巴赫的曲子，听起来还确实像是小提琴呢。

而且，人人都听到了我母亲的癌症到了最后是怎么把她送上路的。

当然，我不可能记住所有这些事情。是这一块楼梯板帮我记住这些事情的。这块板怎么会到我的手里是另外一个可以好好挖挖根的故事，不过这个得以后再谈。我只能一件事一件事慢慢来。

那些过去发生的每一件事情，都可以在这条小小的楼梯板里找到。战争爆发的时候真让人失望，说好的大罢工也没有发生，国际团结一下子成了一个大失败，就和呕吐出来的东西一样臭。再一下子，俄国的红色革命突然给人带来了希望，可以让你感觉像是新刷过的石头的气味，是对着太阳和风打开的窗户。然后是党分裂的日子，革命派被驱逐出党，所有党员都集合在改良派核心的周围。还有这个楼房也被震撼，那些日子这里的墙壁和楼梯都裂了缝，无法修复的裂缝——你在这块板子上可以看到这些裂缝。五金工人的家也在一声叫喊中分裂了。艾斯基尔站在楼梯上高我两级的地方，脸朝下看着我。他的嘴都扭歪了，那些话对我们家过分厉害，都说不出来了。

那些日子里，党也让它的特色在我们整座房子都划出了持久的界限。连我和艾斯基尔之间都出现了裂缝，再也不可能弥合起来了。

可我们还是最亲近的。艾斯基尔一直是敢作敢当的——包括敢为我出头，特别是在我优柔寡断的时候。我总是握了拳头还会松开，想干又不想干。他就是那种人，敢在海湾里的浮冰上跳来跳去，结果还掉到了水里，又被人用钩船的长柄钩子救上来，然后水淋淋地爬上楼梯来，挨一顿臭骂，耳朵还被狠狠拧了几下。也是他，在违抗了性情乖张又有权有势的大师傅之后，不仅在派活的工房里尝了藤鞭的味道，还拿到了一张正儿八经的纸条子，我想那应该叫做最后通牒吧，他蹬蹬蹬地踩着缓慢又坚定的步子爬上楼梯来，手里拿着那张条子，就像他是带过来一张黑社会里另一个贼帮的投降书。艾斯基尔就是那种敢作敢当的人，到了冬天还穿着敞开领口的衬衫走来走去，从来也不觉得冷——他戴着那种宽边的黑帽子，就是为了表示他也参与无政府主义运动。他在磨烂了的楼梯上踩出的脚步声有一种骄傲，那是别的人都不敢踩出来的。他还会大笑着说，我们得到的"忠诚"不仅会拖你后腿，还会掐住你的脖子。那种真正的忠诚，不用加引号的忠诚，他愿意献给个人，献给异端分子，献给敢抗命的人，这些人会让哥们义气从他的强烈自信里面生长出来。他其实并不懂。但他会给我留下深刻印象。他在楼梯上的脚步声我总是一听就听得出来的。而我自己上楼梯总是蹑手蹑脚的，这样别人就听不见。他上来的时候，听起来就像一个大金刚正要去制服那些小妖怪。不过，这都是以前，有了裂缝之后就不是这样了。现在他的步子缓慢多了。那脚步声里有一点蔑视，但是主要的还是一种失望。而背叛他的，让他失望的，正是我——还有我们俩本来相信的哥们义气。

在楼梯上能够闻到的所有气味里，饥饿的气味是最明显的。这肯定是在战争快结束的那个时候。甚至连马铃薯都弄不到了。没有人在烤面包的时候，空气里的气味就和飘雪花时的空气一样没有味道。一再能闻到的多半是圆白菜的臭气，或者是肚子拉稀的味道。但我现在要说的不是这些气味，而是饥饿本身的气味，是一种难闻的气味，既不是来自人们的嘴也不是来自人们的肛肠，本身就是侮辱和沉沦散发出的气味。

那些年，我自己有一种自身的饥饿——是对知识的饥饿和渴望。我读一切我可以找到的东西，杰克·伦敦啦，克鲁泡特金啦，斯特林堡的《女仆的儿子》啦，还有高尔基和阿普顿·辛克莱的书等等，就说这么几个名字吧，但主要还是自然科学和经济学方面的书。我要知道有关这个世界和这个社会的一切知识，那种带有历史的必要性的知识。我生活里最幸福的时光，就是我能到一个人民学院去读几个月书的那个时候，只有母亲刚刚去世的悲哀还给这段生活罩上一点阴影。我和其他青年团体的人梦想着一种工人文化——一种工人自己的知识性，你在那个旅行箱里的那本红色小册子里可以看到我写到过这些。我们把布朗廷的理论翻了个个儿：当面包已经有保障的时候，那就该轮到文化了。在工人们的共和国里，精神的培养应该繁荣起来。今天，这些话听起来都带着苦涩了。

艾斯基尔最大的渴望是把自己培养成一个音乐家。他在这方面真的有些天赋——也许他本来是可以成为一个出色的钢琴家的。每个晚上他都会在他自制的斯坦维钢琴上练习好几个小时。他在一张硬纸板上涂上黑白色的琴键，他就那么把它叫作斯坦维钢琴。他用这个纸钢琴独奏的时候，整个乐队就在他的脑子里。当我努力回忆我们青年时代对于教育和艺术的压倒一切的渴望的时候，我面前就会出现艾斯基尔在这个哑巴钢琴上的遥远目光。

不过，我想我得在这里插进一件事情。那时我们没有自己的角落。瑞典工人之家不过就是一间屋子而已，在最好的情况下会带有一个厨房。这里什么事情大家都可以看得到，你的事情大家都知道。那种在其他国家会有的极权主义的电视摄像头——那种可以在你家里监视你一切活动的东西——在我们这里是毫无意义的。我们每一刻都是生活在其他人的眼皮底下。你就是掉进泥坑里也不会是孤单单一个人。那座房子里的茅厕也是和其他人共用的。长条凳上的余热是你的邻居留下来的。在你要想自慰一把的时候，别人的眼睛还留在墙上看着你。我们这些想成为欧洲模范的人，实际上是从比别人低的起点开始的。我们的出生、恋爱、吵架、死亡，都是在我们唯一的一间屋子里。

这块楼梯板主要是让我记住了母亲的死亡。她是一个坚强的女人，能把自己的不治之症对我和我哥哥隐瞒了那么久——但尤其是对她自己也隐瞒。唯一认真对待这个消息的人是父亲。所以他摔下来了。但母亲不愿意去搞明白这件事情。艾斯基尔和我自然也注意到了母亲是怎样崩溃的，有时候病痛突然袭击过来的时候，我们也听见她蹒跚的肢体会发出呜咽的声音。她下定决心，不管要费多大的力气去忍受，她绝不叫喊。她坚持了好几个月，但是这个楼梯还是跟踪着她每分钟的痛苦。

要不是母亲过度操劳，我不相信这个病症会那么快就夺走了她的生命。不仅仅是她否认所有的症状。她也更加

26

忙忙碌碌，给人熨衣服，打扫房间，缝补衣服，只有上帝知道她做的所有一切事情，病越重她找的活儿就越多。对我来说，这是一直也忘不了的羞耻，因为我和艾斯基尔一直还拿她辛辛苦苦赚来的小钱，有时候是为了买我们渴望得到的新衣服，有时候是为了找其他的乐子。她在越来越多的地方找各种活来干，范围越来越大。她就**不允许**存在什么病痛或者身体虚弱。不过，到最后她当然就没有力气干任何活了。那个时候就只剩下疯狂的愿望了。

最后有一天，在病痛稍微缓和的空档里，她说："我不能把你们丢下。你们自己怎么能过下去呢？你们当然能养活自己。就是今天没工作，明天也还可以找到。你们有壮实的胳膊。不过你们还没长成人啊。有很多话我必须对你们说，你们心里有那么多东西我还得弄好，要一点一点来，你们也很快就会成熟起来的。"

她继续说了很久，直到体力不支为止。她的身体渐渐冷下去的时候，艾斯基尔和我坐在她旁边听着，听她那些永远也不肯放弃的念头。

但是我们没办法把妈妈抬出这个房子。也不知是什么莫名其妙的原因，那个狭窄的黑棺材到了门口就抬不过去了，还卡在墙壁之间，横抬竖抬都过不去。一个来帮我们的男人说："我们得把老太太从窗子里抬出去。"为此他实际上还去找来了绳子和滑轮，但结果是从窗子抬出去也一样没有可能。好像是窗子太小了，也太高了。棺材撞到了一个窗格子，有一片玻璃都掉下去了。最后大家只好把母亲的棺材放下，一个个鬼头鬼脑地看着艾斯基尔和我说，含含糊糊地说："瞧你们干的好事。剩下的事情你们一定也办得了的。"

然后他们就匆忙逃走了。

我一点都不记得了，我们是怎么把母亲埋入土的。我只记得她死也不愿意离开我们。我相信死人需要留下了，但是我看不见她，不能像看见艾斯基尔那样看见她。不过我能听见她说话的声音，好多年我都能听到她的声音。我不敢肯定艾斯基尔是不是也听到了。相反，我几乎可以肯定他是听不见的。他是继承父亲的性格的，把父亲的怒火装在了心里。就这方面来说，还装了爷爷的怒火——是爷爷在自己成年要外出谋生的时候改了名字，就叫做怒火。我自己从来没有因为什么原因而改名字。我的名字是母亲想出来的。她是信教的，她以为马丁这个名字会保证我的信仰。在这方面她的祈祷没有得到上帝的回报。不过，我当然还是承继了很多母亲的东西。

所有这些，都是这块楼梯板为我记住的。它讲给你听关于这个楼房的所有故事，那是一种能发出回声的有气味的现实，在那里留下来的只有生活和死亡的残渣，还有残剩下来的调情拥抱、发怒生气和笨手笨脚的告别。但这个楼梯还不只是这些事情。它也是用小写字母表示的那种"忠诚"的一个标志，不过已经开始分发给大家了。它让我们互相分享到每个人的快乐，每个人的绝望，它也让我们体会到邻居孩子的饥饿，还有五金工人绝望的安慰。它让我们共同期待一个好日子。它让我们互相看到每个人的内心和五脏六腑，让我们闻到隐藏得最深的气味。没有一个人是孤独的。

译注：

　　斯坦维钢琴（Stainweg = Steinweg），是德国制造的世界名牌钢琴。

那是二十年代就要结束的时候的一段经历，我成为非同一般的社青团团员。那时我当砌墙的泥瓦匠有好长一段日子了，我敢说我对这一行已经很熟练——父亲要是活着也不用为我感到难为情。这还是人们使用吊车和预制板墙的时代之前很久的事情。那个时候，手还有让人值得重视的技艺，会在建筑上留下它牢固的痕迹。我保留了这本瑞典泥瓦匠工会的会员手册。这等于是我满师时的证书。你可以看到，这里有很多年我缴会费的记录，从最初的可怜的一毛钱会费开始，所有记录都是来自那个手艺时代的证据。

　　二十年代发生过很多事情，折腾你给你带来麻烦。那个年代一开始我就失去了好几个同志。我把他们的讣告都贴在这个文件夹里了。每次都有"联系中断"作为标题，那个椭圆形的照片总是一样的，是他们去服兵役时交的照片。而死亡原因也都是一样的——肺病，那些年还是很难治好的病，一般来说富人也会得这种病，但主要是在我们工人中间。而且那个时候，当"忠诚"还是一种梦想的时候，我也教会自己懂得了"联系"是什么意思。

但是，对我个人来说，打击最大的是我们建筑公司倒闭的时候。我们公司管账的人被卷进了当时最狂热的投机生意里，有一天就带着账簿和一切失踪了。于是我就失业了，变得孤苦伶仃一个人，这种孤独比我能想象的还要大得多。

那种改变了我的一切的经历，是在一个刮着大风的严冬的日子里发生的。直到今天我还能从骨子里感到那天的寒冷，就像那个时候的泥瓦匠，干活的时候衣服要裹得严严实实的，而里面却都被汗水湿透了，最后就站在那里打冷战。那天的大风可以从一件特别奇怪的事情得到证实。因为失业了好几个月，我几乎是一点重量都没有了。如果我要走到城里，我就必须一直抓住什么东西，就像如今的电视里看到的，人在太空里行走就是那样的。

那天我刚好站在那里，紧紧地抓住一个建筑工地的脚手架，盯着那些正在干活的人看。我对他们现实生活里的每个细节都怀念到了发疯的程度，怀念刚垒好砖头并用砌墙的刮刀抹平腻子时手里的感觉，怀念在各层架子之间传来传去的老掉牙的玩笑引起的笑声，是的，甚至怀念手上因为经常接触石灰而引起的溃疡。那些干活的人，干得浑身出汗，吐着唾沫，还骂骂咧咧——他们是活着的人。

我自己站在那里，要抓住什么东西才不会被风刮走，处在一种毫无意义的状态之中，这种状态那么强烈，几乎能把我全部的安全重量都给夺走。突然我注意到，我很久都在盯着上面的人中间一个脊背宽大的人。这个脊背有些地方非常奇特。我都喘不过气来了，不过还是让自己镇静下来，叫出了一个名字，一个除了我之外随便什么人都能叫得出的名字。这个人转过身来，吃惊地张着嘴，我们就那么互相盯着看。他在上面还眯起眼睛看我，为了看得更加清楚，那就是我自己，每个细节都一模一样！一样是不愿意花钱去买眼镜，一样在右眼皮上有个伤疤，一样下嘴唇有些下垂，一样喜欢把帽子往后推又不说话，一样不能让自己的目光和别人的相遇超过一秒钟。我不由感到一阵眩晕，也感觉到那就是他的眩晕。

不过，当我们一言不发地站在那里互相盯着看，我开始看到了我们之间的不同。他和我一样，在沾满石灰痕迹的衬衫里有同样宽阔的肩膀，在一个背带上同样有临时缝上的补丁。只不过我的上身几乎是没有什么实质的，同时还不断要屈辱地弯下腰，从一个建筑工地走到另一个建筑工地，提出同样没有意义的问题。我的鞋子已经跟不上趟了，我的手上更多的是白粉而不是血肉。我和他站的不是同一条街，不是同一个斯德哥尔摩。我身旁高高耸立的楼房其实不是楼房，我周围的人也属于一个完全陌生的种族，在他们的语言里我只能懂得一两个音符，根本不愿意透露什么让你明白的意思。唯一现实的是掉着石头的天空，每次我呼吸的时候都会下降一点。

他盯住我看着看着，就跟我一样感到困惑。他当然也看到了我们之间的区别，尽管看上去我们是完全可以互相替换的。不过，最大的不同是他两脚稳稳地站在我的工作位置上，他站在那个可以成为现实的中心，完全填满了那个叫做马丁·弗雷德的人的位置。

我看到，他被一种独有的强烈感觉震撼着。而我自己也有同样的感觉。我们都感到羞愧。没错，我羞愧的是我在地狱里。但是我明白，我们的羞愧是不一样的，他是因为他是实在的人而羞愧，而我是因为我站在那里但完全没有用处。

在这段时间里我一直是抓着脚手架的。在一种冲动之下，我一度松开了我的手，把手举了起来，我想是为了呼吁他和我站在一起，同心同德。我都来不及感觉到这么做的危险。于是我就被一阵风抓住，完全无力抵抗，沿着大街被卷走了。

我都不知道那天是怎么回家的。那个晚上在我胡乱潦草地涂写的一张纸上，有几个字说明我落到了一个在面包店干活的女工家里过夜，她在鹿角街上有一个小房子。我总是有办法能让什么人来照顾我，就是我认为我配不上的时候也是这样的。不过我和她之间其实并没有什么正儿八经的事情发生。我从来也没有把它当回事。不过，现在我当然很惭愧，我真的算不上一个男子汉。

和那个让我成了无用的人的那次会面，就我这方面来说，那次会面为"忠诚"提供了具体内容。比任何事情都重要的是人人都应该有一份工作。至于你是不是和一个身上总有面包味道的老姑娘住在农场里，或者你和一个爱争吵的兄弟分享某个一房的单元，这些都是不重要的。

不过，我用巨大代价得到的经验也让我认识到其他的关联。正好是我成了失业者，这并不是偶然的。我过分轻信一个小打小闹的人了，所以为我的天真幼稚也付出了代价。我经历的这些事情，让我后来对小公司再也没有任何信任感。后来他们的影响力完全消失的时候，就更容易让我同意这一点。他们只要一逮着什么机会就偷税漏税，基本上连一点点社会责任感都没有。他们怎么可能保证人们的就业呢？不可能，所以我只赞同大公司，当然还有和大公司一起发展起来的人民运动项目。在那些地方，当一切事情要走过头的时候，就会有很多人全都站在你后面，都站在一个支持你的位置。

只有工作会给人尊严，没有别的。除了工作，没有其他东西能让人更加真实。让人充分就业的根本保证就是大规模。艾斯基尔爱怎么说就怎么说吧。

也许你认为这种结论太容易让人接受了。那我要告诉你，我的判断对我自己也很有影响。二十年代那个大萧条的时代，我们有几个泥瓦匠认真考虑过开自己的建筑公司。我知道这个，因为我这里有些纸，上面写着我怎么开始学习建筑理论，还有化学、会计报表等等，上帝知道那个时候我想把什么装到我的脑子里去，而这都是在辛辛苦苦劳动了一天以后，到了晚上才去上课的。当然，我没法实现这一切念头。不过我还是尝试过了——这还给我下地狱一般的负疚感。我真的不愿意提到那些课程。在我失业的时候，我在骨子里感觉到我的归属，是啊，那么创立一个自己的公司的幻想感觉就是一种可耻的背叛。就像我不相信那种小打小闹的人一样，我也厌恶我带着恐怖在自己身上发现的某些东西。很简单，我们被迫去考虑大规模的事情，不然我们就会被打败。那就是我从二十年代得到的答案。

现代化的时代是从一九三二年开始的，那一年工人政府掌握了权力。这时可以开始建设大的也是很难的建筑。三十年代某个时候我自己看到了一些蓝图，那是财政大臣本人设计的。尽管我猜想维格弗斯这个名字对你来说可能没什么意思。不管怎么说，我已经翻看过了有关部分的文件，所以我可以向你解释这都是怎么发生的。

我刚才已经告诉过你，十八九岁的时候，我一度成功地进入了一个人民学院学习。那是在布隆维克湾区，有几个人临时被请到那里去讲课。在这些有学问的客座老师中间，有一个我后来建立了一点联系的人就是欧内斯特·维格弗斯。我认为他实际上是一个语言学家，不过他给我们讲的是一套发展理论，这些理论为社会民主党提供了一个历史角色。一切对我就非常清楚了，就好像他设计了一个铁路网络系统。后来我去找他，跟他讨论了很久，分析扳道口应该放在哪些地方，就长远来看应该在哪里铺设新的轨道。我们分手的时候，我写下了他说的话："和你谈话真的很令人愉快，马丁，等到这个国家开始发生什么大事的时候，我们还会见面的。"

进入三十年代以后没几年，一些事情就开始发生了。在我这个行业，也就是说，建筑行业，我们搞了一次大罢工，能把我们所有力量都投入到这个庞大的计划里来。我们还把农民拉到了我们这一边，有史以来第一次，小人物达成了一致，工人阶级和农民无产阶级组成了统一战线。这时我有了一份固定的工作，在这个现实中有了归宿。但是，在我们周围形成的到底是什么样的社会呢？有关这个问题我和艾斯基尔一直争论不休。他认为我太天真了，还相信那个我其实一无所知的事情。这个国家在按照一些计划建设中，这是小工人根本就没法提出问题而又不被他称为自己人的那些家伙骂退的。

我想，我要为我的"天真"做辩护。我肯定一点都没有感觉到那种痛苦，没想到它会煽动起我哥哥的怒火，让他忘掉比你我和所有其他人还要伟大的事情。当然啦，有时候我也会握紧拳头。不过，我**愿意**提高自信。我**愿意**站到"忠诚"的下面，也知道只有"忠诚"会更好地了解一切。

这张发皱还带了斑点的照片，能展示那些年我是一个什么样的人。我跨在一辆自行车上，这辆车不知道往哪个方向骑，尽管那个后车架上的午饭盒子说明我肯定是要到城里面我干活的某个建筑工地。你可以看出来，我总是那种犹豫不决优柔寡断的样子。除了去那些需要我的地方，我还能到哪里去呢？这个角上写着一九三五年，地点是斯德哥尔摩东北郊的田野区。我想我就是那年搬进我的一房单元的。房子朝北，你从这边的光线就能看得出来。住在这个地区的工薪阶层不多。不过，在我住的这栋房子里，不管怎么说，还住了一个下级军官，一个破了产的缝纫机推销员，还有一个兼做房屋管理员的水管工，此外当然还有很多离了婚但是带了孩子住在这里的人。这里不管怎么说还能住，而且就在那些该死的资产阶级住宅区东岛区北边仅仅几百米的地方。头三个月里我是免缴房租的——也许就是这样我才决定住下来的。

艾斯基尔也带了他的新女人住在我这个一房单元里。他太独立了，所以要依靠我来养活他。阿丝特丽也住在那里，这个事实并不像你可能认为的那样敏感。我早就学会了一点遮挡的艺术，能把不该听见的事情隔开。有一半的夜晚，艾斯基尔都会拿我开心，嘲笑我不知道在为什么社会工作。阿丝特丽总是穿着她那件棕色衬裙坐在床边上，把头几乎垂到了两个膝盖中间，还说："我们就**不能**睡觉吗？"

在过了那样几个夜晚之后我做了个决定。我要去找维格弗斯。有那么一天，肯定也是个星期天，我按响了他家的门铃。维格弗斯立刻就认出了我，紧紧地握着我的手，握了好久好久。

"我正要出去，到几个当领导的同志家里去。不过你可以跟我一起去，我知道他们一定会很高兴的。当然了，你哥哥也可以一起来。"

我们到了一个位于郊区的相当时髦的房子，这个地方住的多半是中产阶级。我糊里糊涂转着圈子和那些人一一握手。艾斯基尔躲到后面去了。大家围着一个小男孩坐成一圈，小男孩在玩一套巨大的建筑拼接玩具。他们都朝前弯着身子，评论着这个孩子的举动。

"弗雷德你可以看到，现在是这个孩子的世纪。"他的妈妈带着冰冷的笑声这么说着。她好像是叫阿尔瓦，没想到她还是我们这个新的福利国家背后的推手之一。据我所知很多年之后，到了失忆的年代，她还得了诺贝尔奖。

"这孩子正在建筑一个令人愉快的人民之家。"他的父亲大笑着说。这家的人好像都喜欢利用笑声说话，这样就给他们说的话带来不同的意思，不像是那种人们通常理解的那种意思。

在那个大玩具盒子里，这个孩子拥有一切自然条件和资本资源——一切当然都是他的，他的父亲教训着说。现在他把玩具部件放在这里或放在那里——这表示投资，而这些投资当然都由这个小小的官方协调员来指点。然后还需要更多部件，那就是这个国家的进口需求了。

"要是所有贸易都集中在这只胖胖的小手里，你就得到了最好的条件"，他的父亲最后说道，一边还摸着孩子的头发："你瞧，这孩子已经是一个不折不扣羽毛丰满的社会主义者了。"

这个喧嚷的说教者把所有权力都集中到中心的时候，我真是如坐针毡没法安静。我可能不是为我自己担心——归根结底，一切都是为了最大的共同利益。而且我也从我痛苦的经验中知道，小范围的事情会给我们带来什么后果。但是，我一直很害怕艾斯基尔在任何时候都可能打断这种谈话，然后会让我们两人都很难为情。我已经能够听到他在后面要发作了；听起来他就像憋不过气来了。

"你对这个孩子说话可要小心。"阿尔瓦插了进来，用

40

的声音是那么柔和，让我几乎要冻得发抖。"你使它听起来成了严格调控的计划经济。无论如何，是人们的家庭消费在把我们提升起来。需要很多人消费，是他们吃饭穿衣把我们的伟大计划拼凑起来，这是一个比你说的还要灵活得多的计划。你需要做的全部事情，就是教育人民。很简单，人们应该教会自己，知道他们实际上希望得到的是什么。"

就是在这个点上争论变得热烈起来。大家围绕的最抓人的话题好像不是人民之家的建设本身，实际上是拼凑出这个新人来，这个新人可以幸福而且勤劳地坐在这个铁皮和螺丝钉拧起来的通风透亮的房子里，带着充分的信任把自己交给所有人的目光，只要工作，只要消费。

这个男孩子已经在把一个这样的未来新人用螺丝拧到一起，它有一个巨大而且还敞开的脑袋，还有一条长腿，直接从下巴开始就长出来的大腿。

"未来生物的脑子就应该是这样的，是开放的，而又是牢固拼接起来的。"

现在是阿尔瓦把课程接过去了。

"这些部件里，没有一个有权力自行其是，也没有一个**需要**这么做。在我们的社会法则里，第一条就是要尊重使用说明。独立思考当然是有价值的，不过必须列在有关规则里比较靠后的地方。顺便要说一下，横在那里的那块黑部件真是不合口味——就像在厨房里偷吃东西一样。那块已经弯曲的不成样子的，你应该放到旁边去，也许不要扔掉，而是带着同情放到旁边那个有盖子的小盒子里去，这样和其他部件就不会混杂在一起搞错。无论如何，人是多么美妙的材料啊！"

"一个蓝图吧。"我尝试表达我的意思。听起来有点讨好的口气。

"不对，我的好弗雷德，这不是蓝图。蓝图多少已经指明了那种完成的造物。而这里涉及的正好相反，它和最后的产品没有一点相同之处，是一种迫使我们从头开始做起的人类材料。这就像小扬扬的建筑模型里的情况。那个红盒子里放的是所有能够做成社会主义新人的部件，我们有这个小工程师在把梦想变成现实，让新人从这些材料里面走出来。"

我听见艾斯基尔走出去了，靠在墙壁上，就像一个哮喘病人那样呼哧呼哧喘息。我本应该感到轻松一点，但事实上并不如此。我想反驳，但又说不出话来。艾斯基尔说我是个没性格的人，甚至说我连发脾气都不会。他不理解我。"忠诚"的意思是在半途中的会面。我是他们需要的人。就算如此。

"好吧，这是一件事情"，有个年轻人提出了不同意见，他在练习做得像是一个内阁大臣一样："但是，当我们在等待这个光彩夺目的造物出现的时候，我们自己还能做些什么呢？我们那些可怜的还不完整全面的公民也得把孩子送到这个世界上来啊，要养家糊口，同时还要上班干活，今年就要开始为将来忙忙碌碌啊。我们事实上已经有了的人类，我们该怎么处置他们呢？我们必须……"

"你的确指出了这个最有意思的要点。"阿尔瓦打断了那个年轻人的话。她的脸都因为急切说话的渴望开始发红了。"就是在这个要点上，眼下正在开展很多项调查工作。要紧的是提供支持，帮助那些我极愿意叫做胚胎生命的造物。很简单，我们要为他们安排好他们的生活。看在上帝的份上，我们当然不能让一大堆可怜的女孩子仅仅因为缺少经验就受到伤害啊。这样把人类当作消费品，我们当然在资本主义时代就看到过了。你们可以去问问女孩子，她是不是真的相信，她一个人就能养活孩子。她会不会害羞得脸红，都不知道她该怎么办。她**需要**我们。现在要紧的是照顾好人类材料，帮助他们实现自己。正是我们有很好的帮助他们的计划。"

"问题是，我们对待性生活应该有怎样的态度，就不需要在这个伟大的社会计划里承担责任。至关重要的要点就是那个不值得的性高潮。"她说着还加了一声大笑。

这是我第一次听到这样的说法，以后在有关爱情生活以及它在社会建设中的地位的辩论里，这就变成很平常的话了。维格弗斯和我难堪地互相看看：让我们难为情的不是这类的想法，而是这种摩登的自由说话的态度。阿尔瓦的丈夫看出了我们有多不好意思，就得意地咯咯笑了：

"我们不能接受，让那些身强力壮的年轻人每隔一个星期六的晚上就躺在那里罢工，就为了不生孩子。"

坐在地板上的孩子看起来什么都没听见。他忙着把他的严格的世界秩序拼装起来，这时候，没有必要的话他自然不会在乎什么现实。

"人要是说话不从泥瓦匠的工作服或者围裙里出发，而是从他们的机构里出发，就会聪明得多了。"阿尔瓦的丈夫继续说："那么，他们的更高的评估就会给他们带来公平和正义。他们的声音就会更值得人们去听，他们就是从**忠诚**说话。"

这个将来的内阁大臣拿过了发言权总结说："我们的任务是保护人类，让他们不受自己的利己主义的伤害。要帮助他们在**忠诚**的范围里来思考，要通过我们的调节来表达他们的意见。这正是不折不扣的革命。"

44

"可以这么说吧"，维格弗斯平静地插了进来："我们的革命是在安静的呼吸里进行的，安静到大多数人没注意革命就过去了。我们走的民主的道路，也不摇旗呐喊。我们要从一九二八年的大选惨败里接受教训，那个时候我们太张扬社会主义化的问题了，就被人丑化成了一帮打家劫舍的响马。这个错误我们不能重犯。这个巨大的过程我们得一小步一小步地走，小到那些发生的事情里冷酷无情的部分都不会落到人们的眼睛里。那个阿尔瓦说的新人的成长就不得不靠后点了。现在我们的任务是完成已经把工人和农民团结在一起的合作化力量，要让工资和价格都在我们控制之下。要想创建一个强大的社会，我们就没条件去弄那个小小的老妈妈，那个小小的奶牛，还有那个小小的挤奶桶。我们必须实现全面的解决方案，即使这会让个人的皮肤下面都感到刺痛。"

"可笑的是"，阿尔瓦的丈夫插进来说："那是资产阶级开始集中权力啊。我们需要做的就是完成他们开始的合作化建筑上的工作而已，不用去管整个工作会往那个方向走。**历史**要比意识形态强大得多了。"他嘲笑地说。

"不过这一分我们用不着去让给反对派得"，维格弗斯又接过去说："他们走的方向和我们一样，但是他们没有看清这一点。是共同的看法强加到了他们头上。尽管这些看法我们用不着都摆到桌面上炫耀张扬。总而言之，重要的是不要说太多我们怎么去那里，我们怎么达到我们的目标。政治其实就是一门及时闭嘴的艺术。"

我想我是头昏脑胀地离开这些人的谈话的，脑子里转的全是这些人的聪明智慧，还赶紧潦潦草草地记在我的小本子上。不过，真正让我铭心刻骨的是那个可怕的玩具模型，还有那个男孩子迫不及待满腔热情一点都不带怀疑地工作的小手指。

尽管如此，我还是**愿意**抱有信任。而且在维格弗斯的这个圈子里，你会感到安全。这是我和所有人分享的一种感觉。很多人在他掌管税收的时候抱怨不止。但是在我的文件夹记录的这么多年头里，他还是比其他人都受欢迎。瑞典人有一种不太明确的负疚感，他们真的热爱那些非常努力收税的官员。维格弗斯就有这样的人格的光彩，正直而且无私，你可以无条件地信任他。要是他给一个新的现实打开大门，还说正等待你来，那你一定会毫不犹豫就一步跨进去了。

那个时候，"忠诚"依然还是一个集体的面孔，毫无疑问也包括阿尔瓦和她丈夫的面孔——我很少费这种事，要真的不喜欢什么人。不过，那些年里，只要我想到我们的事业，我的眼前总是首先出现维格弗斯那样的面孔。现在"忠诚"可比以前要强大得多了，太强大了，但是难以看到什么清楚的面孔了。当然，它变得更加亲切了，经常会把你搂到它的怀抱里。但是我看不到面孔了。

译注：

本节提到的阿尔瓦·米达尔（Alva Myrdal，1902—1986）是瑞典社会民主党著名领导人之一，曾出任内阁大臣（1966—1973），并于 1982 年获得诺贝尔和平奖（和墨西哥政治家阿尔封索·加西亚·罗布勒分享）。其丈夫卡尔·贡纳尔·米达尔（Karl Gunnar Myrdal，1898—1987）也是瑞典社会民主党著名领导人之一，曾两度出任国会议员（1936—1938 和 1944—1947）和商务大臣（1945—1947）。此外他也是经济学家，斯德哥尔摩大学经济学院教授，1974 年与哈耶克分享诺贝尔经济学奖。本节中正在搭积木的儿子扬·米达尔（Jan Myrdal，1927— ）后来也成为瑞典著名左派作家，尤其以 1963 年出版的介绍中国陕西山村柳林村的报告《来自一个山村的报告》而闻名世界，被翻译成多国文字。但因为支持红色高棉波尔布特政权等过激言论而成为在瑞典引起很多争议的人物。

现在是到了讲讲艾斯基尔的战争的时候了。如果你不了解他在自己身边建立起来的那个神话，你就不可能懂得他在这个历史中的作用。那是一个对我和其他改良主义者讲的神话，因为我们都不敢坚持我们的价值观念。

我这个文件夹里，来自西班牙内战爆发时候的材料少得可怜。我记了那个年份，一九三六年，只有一些散乱的资料。一般来说，我不得不依靠间接的结论，那是我从艾斯基尔还有和他相同意见的人在这出戏剧里的地位来看而得出的结论。如果我从那些战争留下的伤疤来判断，那么肯定可以断定，从瑞典这边投入过巨大的人力和物力，还都是自愿的，用船运去的东西是历史上空前绝后从来没有过的。

就算他的告别给我留下了一些印象，我也把它们排挤出去了。从落在我头上的事情来看，发生的事情是这一年之后，而我已经不敢去面对了。不过我还可以活生生地想象当时的情景，所有的船都聚集在哈马比港口，甲板上装运了拼凑起来的大炮，报废了的坦克，成群的无政府主义者沿着船舷挥手告别。其中一个就是艾斯基尔，在这一排人里面他那张小白脸特别显眼，有一种顽固的责备人的样子。在招募站他肯定谎报了年龄。实际上他应该已经有三十七岁了，对这样一种事情已经是年龄过头了。不过他看上去总是比较年轻，不管他什么年纪。在那张小白脸上，你可以看到这次行动让他付出什么代价。他刚结婚啊。

　　我缺少这次巨大行动的材料，这当然是因为"忠诚"要保持距离。它沿着我们的边境竖立了严厉的栏杆，为的是保持团结。我们一直是站在外头的。要紧的是集中所有的力量搞国内的建设，不要把能量分散到什么国际上的冒险行动去。输出我们的瑞典模式的雄心壮志还是很晚以后的历史。在这次的情况下，政府权力也是非常冷淡的。那个时候肯定也已经有了一种无意识的报纸审查制度。不仅和所有介入西班牙内战的事情都保持距离——就是往这方面去想一想也是不允许的。我很可能从报纸上剪下来过一些文章，是和艾斯基尔还有他的同志在西班牙内战里的事情有关系的，不过我没有允许自己把它们贴到这个代表**历**

史的夹子里，或者是它们很听话地变白了，成了空白没有字的纸了。

所以我也知道，刚才的记忆图像，说我和艾斯基尔在海港还挥手告别，都是假的。我不会给一种冒险行为这样的祝福，冒险到了违反我们党在这次冲突中的路线。我肯定是坐在家里没有出去，还一次又一次把已经敲肿起来的拳头再敲到厨房的桌子上，而且已经很久没睡觉了，只会说："混账，混账，真他妈混账！"

运输肯定是需要用船的，因为德国是敌对国家。那些草草拼装起来的老飞机还可以通过荷兰和法国飞过去，那个时候这两个国家还没有被占领。别问我占领是否现在已经取消了。对这件事我这里没有任何资料记录。

墙上那张艾斯基尔站在战壕里的照片，代表了整个的瑞典志愿兵的投入，肯定也为西班牙内战带来了决定性的转折。我自己去过西班牙，去寻找我兄弟留下的踪迹——那个时候我还有胆子一个人出远门，到那么远的地方去。所以我知道，正确的一方赢了。要不然，像我这样有社会主义者历史背景的人，在那里是不会受欢迎的。要是我敢到一个屠夫赢了这局比赛的国家，我肯定会落到一个铁丝网后面去了。不，我是完全自由地穿过了所有战场的。那边柜子上的东西，是从我去过的山上搬回来的。它们是很可靠的证据，说明历史教会了独裁者知道什么是体面。艾斯基尔不是白白死掉的。

从另一方面来看，在欧洲其他地方的战争，多多少少和西班牙内战也搅和在一起，但是结果就没有那么好了。德国用一系列闪电战的进攻，似乎已经占领了整个欧洲，把欧洲变成了一个要塞，慢慢还成了个独一无二的巨大工业区。德国和日本结了叫什么"轴心国"的同盟——我以为一直到今天还是。和这么集中的野蛮势力对抗的是还讲绥靖政策的西方国家，各怀鬼胎一点不团结。德国和日本的胜利看来是不可避免的。我好像记得，苏联是做了顽强抵抗的，不过这个体系最后还是垮台了。现在东面好像就成了一种黑社会经济，德国一转过身，他们就赶紧占领大片的土地。不过，这段国际历史我没有收集什么材料，所以我只能给你介绍一点一般的情况。而且，我们国内这个实验工厂里发生的事情，也不是因为一样的原则性利益。

我去西班牙旅行的时候收集了一点材料，用这些材料我可以把艾斯基尔在那里的事情基本搞清楚。那次旅行应该是在六十年代的什么时候，本身也是一种重要的证明，说明那个时候在我们这个福利国家老百姓过得有多好。我不过是一个小工头，就要退休了，自己还能花得起这份钱参加旅游团到西班牙去。我想我那个时候还有一辆汽车，不过当然没有开到西班牙去。我们是先坐火车再换巴士到那里去的，然后到了巴塞罗那我就离开旅游团溜走了。实际上当时的车票我还留着呢。

这里我要插进来一件难为情的事情。我可能对你说过了，艾斯基尔是一九三七年四月战死的，我很愿意这么记住这件事情，尽管艾布鲁那次战役实际上是在一年以后。这和一九三七年夏天发生的事情有关系。阿丝特丽，也就是艾斯基尔的老婆，她和我还是住在那个一房的小公寓，过去我们三个人就住在一起。阿丝特丽被前线来的血迹斑斑的信弄得很苦恼，我就尽我的力量去安慰她。有一次我真的安慰得太好了，过了头。事后我们两个人都很惭愧，良心不安，为了努力把这一切都忘掉，我们到到美兰湖上的一个小岛上搭帐篷野营了一个星期。这次努力的结果就是我们弄出了小贡纳尔，还有阿丝特丽和我写的一批谎话连篇的信，寄给在前线的那个为了工人阶级的事业很快就要战死的人。

没错，我告诉你这些事情的时候，你自己就可以明白艾斯基尔是落到了什么苦恼的处境。就是墙那边，每次谈到这件事情，他就习惯站在那里用头撞墙，狠狠地撞，不过没有声音。他当然早就知道了这件事情，全都知道，不过这样的背叛，每次听到都会让你感觉就像刚发生一样，感觉总是鲜明的。小贡纳尔还不到三岁就得了肺炎死了，我总把这件事情看作一种老天爷的惩罚。就好像"忠诚"判决我要失掉这个孩子。阿丝特丽和我其实到头来也没成什么事。我对她的安慰本来就不干净，艾斯基尔也总是站在我们中间。可我们的儿子，我是从来没有断过做梦梦见他。这个房子里楼上几层住着一个小女人，说是还代人怀孕的，离了婚又自己带了两个男孩子。我对她常常想入非非的。她叫艾琳，肥胖到家了，不过样子还清秀。而且她真卖力——每天晚上都要自学到深夜。窗户上的灯光从来不熄灭的，这个我知道的。不过让我更上心的其实是那两个男孩子；有时候我会努力想着把我当他们的爹。也很想知道，他们是不是注意到这一点。

我每天都会想到我自己的儿子，想他要是活到现在，已经到了什么年纪，会是什么样子。我从来没放弃过那个念头，就是相信有一天**他的**儿子会从那个门里走进来。有一天他还真的来了。

不过现在还是说西班牙的事吧。甘第萨城外的山其实要比我从艾斯基尔的信里想象出来的还要庞大得多。从某种程度上说，真是顶着天了，而且铺天盖地，简直让你都透不过气来。可是要找到那里还真不容易。很明显，人家不想让我去看那个家里的英雄战死的地方。其实巴塞罗那

53

本身就是一个奇怪的城市，遮遮掩掩地好像有什么秘密。艾斯基尔信里告诉我的无政府工人团体的热情，我在那里已经找不到什么痕迹了。他这么写过，"这里的政府是在大街上的"。现在你都不知道这场战争是怎么结束的。那次去甘第萨城的旅行真的很辛苦，给我指路的人总是会把路指错，给我的有关火车和巴士的信息也都乱七八糟一塌糊涂，能让你发疯。真的，还有人说那个地方早没了。不过最后我还是到了那个地方，最后一段路是自己走去的，路边都是开车的人扔出来的垃圾。我马上从他最后那封信里找到了线索。那里就是他写的"三个石头山顶"，西班牙人说 Los tres piedras。就是朝这个高地行军的时候敌人的炮火落到了他们头上。第一支队是在山坡那边遭到炮击的。艾斯基尔自己是和第二支队进入了那个橄榄树林，他看见自己的战友被炮火崩成了碎片，但束手无策。炮火是从第三个石头山顶那边射过来的。那个时候，还不可能有现在这样的五月的绿茵茵的风景。所有的树啊草啊都烧光了，或者炸得粉碎。

在这个地方根本也就没有什么纪念的标志。好像是不允许任何人到这里来悼念死人——肯定有人说过，他们是为了一次很奇怪的胜利而战死的。不允许任何人用任何分量和形式来表达他们的哀悼。唯一的像是记忆的东西，就是那排小小的常青树，一点模模糊糊看不清字的墓志铭。松树林里的呼啸风声应该和当时还是差不多的，只是当时还要更细弱一点，也干燥一点。也许那里还有蟋蟀。肯定还有从不放弃从不低头的那个"灌木丛"：多刺的，无边无际的紧挨在一起的灌木丛，在这里坚守过的抵抗深入到红色的土壤里，自从所有时代的早晨就开始了。

那个子弹壳就是在这里的稀疏的草丛里找到的，有点发绿了，要不然看上去一点不旧，还跟新的一样。你来摸摸看。它就是艾斯基尔最后要讲的坚决不动摇的道理。在这以后，一切就都成了低声的责备。不过，我站在那个灌木丛里的时候，我看见他倒下去了，带着沉重的压倒一切的身体倒下去了，一直往下倒着倒着，从来就不到头。这就和父亲从造房子的脚手架上倒下去的时候一样，不过艾斯基尔倒下去的时候，额头上已经满是鲜血了。

这种情况没用多少分钟就有神话色彩了。那个还没有倒下的弯曲身体站住了，停止了向前的痉挛摇摆，站在闪着光彩从来不会折断也不会被风吹走的一片草地里。不知从什么地方流出来一道金黄色的晚霞，好像永远也不会消褪的光彩。所有的东西——山峰也好，这项任务也好，还有那些含义也好，都比平常生活里的大得多。那个倒下的人从来就没有倒在地上，他有一种沉重的正义性，会一直折磨我很多很多年。

等到我坐上突然出现在那里的破巴士回来的时候，我不用回头，也能感到艾斯基尔就坐在我后面。我明白了，他一直就在我的身边。不过，要等到我第一次到他生命的最后一个地方见面，才让所有这些对我都成了现实的了。现在我能一刻不停地感觉到他，看到他因为痛苦有点弯曲的身体，额头上还有那个弹洞，那个弹洞胜过了我所有的争执理由。

他真的一点都不懂"忠诚"，也不**需要**懂。他用一个有点痛苦的笑容说话，他的忠诚是不带引号的。

那个伟大的"忠诚"要求我和那个小小的年份一九三六保持距离。我屈服了，别的什么也不能做。我也不能看到那些政治家们在既定路线里的智慧。即使我没看到，可我也不得不跟着走，因为一个更大的团体对我有这么一个要求。不过我也付出了代价。那是艾斯基尔不会放过的事情。我从来不能摆脱我做的亏心事，我的背叛，本来是安安全全待在家里的人——还利用那种机会乘虚而入。从一种很难说清的角度来看，我决定不参加西班牙内战，和我搅和到艾斯基尔的爱情生活里的冲动，是同一回事。所以我都付代价。

我刚才说了，我安慰过阿丝特丽。实际上，也可以讨论，到底是谁安慰了谁。她觉得我不过是一个大的毛茸茸的孩子。我开始也没注意到，其实她很大程度上代替了我的母亲。我知道，得到艾斯基尔战死的消息之后，我就扑在她的膝盖上哭了，我哭是有好多原因的。那个时候她真的就成了我的母亲。很可能那是我受不了的。

后来我明白了，艾斯基尔是愿意这个样子的。他和我完全是不同的人，做事轻率，会拼命，想怎么着怎么着，不管不顾不着边际——一个不这样就那样很干脆的人。阿丝特丽身上闪着母性的光彩，他肯定早就觉得很让人透不过气来的。就好像我们从来就没让母亲入土。我也不排除那种可能性，艾斯基尔也是考虑到这一点，才做了去西班牙的事关他命运的决定。**那**会有什么结果他其实早就考虑好了。他没留一个字的遗嘱，就把阿丝特丽留给我了。他像公牛一样顽固，独断专行，不过，一涉及肉体上的问题也是被迫来利用我。同时也是完全有意地要留给我那种无法否认的负罪感。

现在他每时每刻都在这里，就是为了保证看牢我，不让我逃走。他当然一直想改变我，朝他的那个方向走。不过，不成功的时候他好像也一样很满意，我呢，就一直良心不安地坐在这里。这不过就是因为他自己是不会打这个算盘的。这个无政府主义者，说是愿意有福同享有难同当

57

的，人人都可以分享一切，可他不愿意我分享他的女人。所以他站在那里用他的脑袋撞墙。

地狱其实也是瑞典的一个发明。每个人也都买得起。

每一天，每一刻，那个小男孩的照片，还有贴在上面的那张小小的讣告，都是对我的提醒，让我不忘记我的双重的背叛，提醒我半心半意地想不干，又半推半就地就把自己搅和进去了。这张照片告诉我，要求那个不温不火的人付出什么样的代价。

不管怎么说吧，还是那些不温不火的人在建设这个社会，不是那些脾气暴躁还喜欢挥动黑旗喊着充满仇恨的竞选口号的人，也不是那些心肠冷酷的投机分子，那些只知道一切东西的价格，不知道一切东西的价值的人，这是马克思在什么地方说过的。

　　战争结束以后，真正的建设就认认真真地开始了。那个很稳当的派尔·阿尔宾当我们的领航员，把我们带出了那些困难重重的战争年月，可他又被一个纳粹分子在一个火车站上用枪打倒了，以后领导岗位上就先后来了一些新的人。不过奇怪的事情是，那个站在新创造的党领导的顶尖上的人，而且后来还成了伟大的国父的人，在我的这堆文件里没有名字，也没有照片。我相信这完全是真的。把他托起来的肯定是那样一种铁灰色的勤勉，那样一种非常慎重的幽默，那样一种不可以怀疑的诚实，所以他就太有瑞典特色了，根本也不会突出自己了。很简单，他就消失在他自己的事业里了。不过，要是你仔细听，你应该能够听见他在里面呼吸。

那个时候我是四十五到四十六岁，也是一个小工头，在工会里还有让大家信任的职务。要是说到怎么为我们大家建设一个瑞典，那我的话还是有点分量的。你也明白，对我来说，这是**一个**比其他什么都重要的瑞典。二十年代的那种生活经验就是那个时候你几乎都站不稳脚，这种经验也总是给我留下印记。等到"忠诚"正儿八经有了样子的时候，工作就成了一件主要的事情。

不过在最初的时候，我用我自己的笨手笨脚的方式，要为我们年轻人的一个伟大想法奋斗。我参加了社会主义化的活动，这活动后来也没找到路——

我突然想起来，我没有很多材料，可以告诉你我们早先的计划。真奇怪，我找不到什么有关这个的文件，只有一些零碎的笔记，进入过我们的梦想，但更像是从梦里路过一样。是不是我们的观点太清楚了，所以什么都不需要记录到纸头上？或者是那些文件被人从这个文件夹里拿走了？要是这样的话，谁拿走的呢？真莫明其妙。

不过，我们做了努力，终于要把生产手段交到工作的人的手里——没错，我们就是这么表达我们的意见的——这里有几行令人痛苦的字，说的就是这个。我们的愿望是"朝社会主义的方向来改造社会"，那个时候就是这么说的，这种愿望在战争一结束之后，就立刻成为实质性的调查，被包围在烟草的烟雾里。我也参加了一点边缘的工作——不清楚是怎么回事——是其中一项调查，就是建筑材料的调查，是很多从来没多大进展只不过是给人参考的调查之一。我们派的代表一个月接着一个月地坐在那里讨论，还坐立不安，而讨论呢，进行得那么慢，有时候就和我们在电影里看到的慢镜头差不多了。每个要向前推进的说法都会卡在你没法分辨出来的什么事情里，拉成了长长的胶水一样黏糊的线。突然间人们也不谈什么国有化了，最多就是谈谈计划经济而已——就是这个也已经明显是很有争议的。反对派好像就在我们自己人中间。慢慢地我也发现，这些调查已经沿着一条裂缝分开了，而这条裂缝是从我们每个调查委员身上穿过去的。好像每张椅子上都坐着坐立不安的两个人：一个愿意做的，一个不愿意的，有关集体所有制的想法好像是在我们的骨髓里暗暗燃烧。同时我们又不能冒险，失去对未来的掌握。有一个人说，也许我们应该把这个梦想的某些过时的部分撕掉，利用那些更加有功能性的材料，搞出一个比较现代的款式。还有一个人补充说，反正砖瓦的时代已经过去了。第三个人的意见是，有一半就足够了。那些缓慢的说话声音，现在有了比较大的断然口吻，还是针对着他们自己的。胶水拉出来的线越来越长了，也越来越细了，社会民主党也就变得越来越实际了。

我们放弃了。这让人痛心。但是大选我们赢了。

通往美好的社会主义的道路是漫长的：进两步，退一步。布朗廷说的话给人安慰："我们回来了，我们总是会回来的。"

我们得到的不是社会主义，我们得到的是"忠诚"。我本人，就像你现在听到了的，在最初那些时候一直是参加的。三十年代的时候，那是能指望的力量。不过要到了五十年代它才终于开始成长，开始写成了要用引号来特别强调的忠诚。艾斯基尔当然没法在这种忠诚里找到自己的位子。他总是唠叨，说只有把天堂切碎了分给大多数人，那天堂才有充分的意义。我呢，从另一方面来说，知道天堂或者能在幸福的时刻让你想起天堂的事情，肯定是非常强大的。不然的话，天堂就会被小贩和剪径的强盗给占领了。社会主义化的问题放弃了之后，我就把所有的信任都放在"忠诚"上了。事实上，只有"忠诚"还有资源，还有足够全面的看法，能为我们的生活承担责任，在每个细节上都调控我们的活动。

你从这张剪报上可以看到，反对派说，在把经济社会主义化我们没有成功的时候，我们就把家庭社会主义化了。这是反向的看法。实际发生的事情是，我们有了一个大得多得多的家庭。"忠诚"本身就成了我们大家的母亲。这就够了，因为我自己从来不需要什么家庭。明摆的啦，时不时地我不得不需要一个女人，但我不需要什么家庭。

你听见艾斯基尔哈哈大笑嘲弄我了："我对我说的话连一个字都不相信。"他不明白，我是**不得不**信。我们的历史已经成了一系列的妥协，每次都要求我不仅屈服还要维持团结，为那些让步辩护，全都是为了大多数着想。

你可能已经开始想到了，我的苦恼和这条路已经把我们带到了那里是有关系的。我们的伟大建筑也是从要求我做出重大牺牲开始的，就是为了大多数人的缘故。我说的就是拆房子的事情。

那应该是五十年代吧。我也参加了克拉拉那个老街区的拆房。克拉拉区本来是斯德哥尔摩最热闹的部分之一，有好大一片，那个时候我根本就不知道我是在干什么傻事情。这里，历史要被一面透明的玻璃和加固的安全代替，要变成让人眼花缭乱的商业区，新的真正的时代要从这里前进。我料想过，这个项目其实只是更大范围的拆迁的一个部分而已。不过，除了这一小部分，其他更多的拆房我都看不到了。

有一个巨大的吊车刚刚推倒一堵墙，但是石头和灰尘却没有掉下来。而且那个拆毁的楼道窗户的碎片掉下来的时候也被挡在半空中了，还有一个少见的太阳的闪光。在下一堵墙上，在三层楼的地方，还悬挂着一个孤伶伶的抽水马桶。这不是我们的楼——我们没有这么奢侈的东西。不过石头和玻璃都不愿掉下来——那个又是**我们的**楼了，在一瞬间，它停了下来，这样，现实就让我看。

我是看了。楼房的墙壁被刮掉了，那里的每块斑点和裂缝都能记住我们；街道也被铲掉了，它们曾经教会我们走路；我们刚才还有的可以支撑我们后背的历史被装上卡车运走。那些从干掉了的楼层夹板拆下来的木板在地上爬行，还有成堆的渣滓，有被砸毁的铁管现在躺在卡车车斗里，还滴着它们的鼻涕和失望的带锈的黄水——那些都是我们年轻时候的梦想啊，我们梦想过为自然资源和生产承担共同的责任。

我看到在一个卡车车斗里，在那些四分五裂的木材和扭曲的水管中间，最上面有一块沾满灰尘的硬纸板，上面还有很多横道和细黑色的矩形：那不是艾斯基尔的斯坦维钢琴吗！我最害怕的事情，还不就是我会看到"忠诚"被装在一个卡车车斗里：一个被揉成一团的臭大粪一样的公共住房，那些凳子上屁股坐热的温度还没消失呢，就和我们已经放弃的残余一起吊起来。不过我能看到的是完全不同的事情。一个铲斗下一捆棕色的杉树枝，一些分裂散架的涂成黑色的木板，还有一些叫你小心轻放的警告，混合着石灰粉、碎麻布和一个声调，那个声调至今为止我都非常熟悉，让我感到痛苦。我们都**没能**埋葬母亲，让母亲入土为安。

面对这种太令人难堪的事情，我站在那里浑身发抖，这个时候我看见其他人在拆掉了房子的废墟上慢悠悠走来走去，很快就要处理新建筑的事情了。大部分人跟我一样是有血有肉的活人，不过也有很多人是没有重量的，就和那次我站在街上看到另一个我的时候差不多。他们实际上是外来的生物，因为这次疯狂的破坏才得到了工作，一分钟又一分钟地在那里恢复他们的呼吸和身体。他们瞪着我看，看我的被眼泪打湿了的脸，他们对我说话，不过没有一个字，他们说我的悲伤是自恋，说我是在一种过去里丢失了自己，而那个过去并不能把我们喂饱。为了这些几乎不真实的同志的缘故，我也不得不参加这个。为了他们的缘故，我也不得不同意那个更大得多的拆毁计划，那个我看不到的计划。

无论如何，我不用看到"忠诚"和其他的垃圾一起被装上卡车运走。相反，是"忠诚"在负责这次拆毁工作。从长远来看，我怎么可能和这些没人知道的计划作对呢？我最好站到旁边，为了我自己的缘故擦一把泪就完了。不过，我知道人家还是需要我的。他们也知道他们是可以依靠我的。我要求的唯一的条件就是保留这块楼梯板，是我自己从拆房的废墟上拿来的，是那些楼梯踏板里的一块而已，那块板子上曾经有过一个忙忙碌碌爬来爬去的史前时期的软体动物，又被石头给吞掉了。

　　这么多年，我只是有点难以亲眼看到"忠诚"。是现在它才开始失掉了布朗廷和维格弗斯的面孔，这个我得慢慢习惯起来。有一段时间，我真是非常孤独，尽管我就在所有的团体中间。对于拆房这件事情，意见的一致简直令人可怕——看来人人都参加了。那些我们曾经斗过的人，那些曾经在他们该死的房子里吸掉我们的生命的人，现在都用什么奇怪的方式进入到我们的党里来了，到我们的工人运动里来了，所以我们再也看不到泥瓦匠的衬衫和西服革履之间的分界了。

　　我现在说的不是自从一九三八年劳资和谈以后的老的合作，那是雇主和工会之间达成的协议，那是全都放在台面上能看得见的，意思是说罢工就会对世界秩序本身打一记耳光。不，我说的不是这个，对拆房的一致意见让我看到的是非常阴险的勾结共谋。看起来好像是从一边有人抬抬眉毛使个眼色，而另一边有人眨眨眼睛做个回应，就足够默契了；就和拍卖会上不让人注意的手势一样。出资的人装作好像被人剥了层皮的样子，而我们的人装作完成了一次胜利的占领。你能想到结果：经济繁荣了，而人人都相信他们得到的面包片有同样厚的公正。

艾斯基尔不说"忠诚"，而是说"权力"，把它看成一个巨大的不停地分出枝权的菌丝体，他不停地唠叨说，这是从双方来的力量合并起来的，成了一个既看不见又非常有效的压力。我自己从心里感觉到，不，是从我的悲痛苦恼的最深的地方感觉到，他是错了。

我能同意去看的是，"忠诚"已经普及到了全社会，还把我并不总是那么喜欢的力量也结合起来了。不过有些东西会阻止我去看清楚那到底是怎么回事。我们怎么变成了医院里的工作人员，变成了银行里的工作人员，变成了政府衙门里的工作人员，就在我几乎要看见的那一刻，眼睛就会变黑了。我知道的是我们有一天早晨就成了中产阶级的政党，还会一直是。还知道，有一段时间资本实际上在抚爱我们呢。

那个老的中产阶级可能从来没有真的犹豫过。他们把他们本来不配得到的千元大钞塞进钱包里，然后走进温暖舒服的房子。这样一来，权力就永远会有保障了。那个曾经有一会儿犹豫过的人，实际上就是我，那当然是艾斯基尔的错。我觉得当中产阶级太难了。我到了投票站的投票箱前面，也不那么确信了，不知道那些和我们搞同盟的人是否可靠。那些用钱买到"忠诚"里来的人，和那些在这个饥饿的、吵闹的、裂了缝的楼房里长大的人，还是很不一样的。

不过我只是咕咕哝哝发牢骚而已，并不是要认真地去争辩。就在所有这些事情的中间，还是"忠诚"在照顾我的一生。而且就在所有这些事情的中间，这一切要说出来的时候，我听到的还是母亲的温暖的有点粗哑的声音。对了，在那个时代，这个声音我还是能听得见的。

译注：

派尔·阿尔宾·汉森（Per Albin Hansson，1885—1946）是瑞典政治家，社会民主党主席，1936 年至 1946 年两度赢得瑞典大选，担任首相。

七十年代是凶兆多多的年代。同时，我们也是在那个时候开始屈服于那种看似友好但又冷酷的力量，那种力量阻止我们去看到任何让人不安的理由。这一切都是非常奇怪的。我要尽量给你说明一下。

我观察七十年代的位置是在全民医院的候诊室里。我坐在这个房间里的一个摇摇晃晃的桦木椅子上，等着医生给我治疗，等了一年又一年。我很害怕，真是怕得要死。我必须一次又一次上厕所，要是有人正好在用厕所，我就急得浑身冷汗。

我刚才没有告诉你吗，六十年代肯定是历史上能找到的最好的时代？那个时候，我们实现了我们早先的梦想的一大部分，尽管用的是其他手段。没有人再会失业了，没有人再贫穷了，没有人得不到生活保障。这种现实是很真实的，就跟粗麻布或者被太阳晒热的瓦片一样真实。我把我宽大的手掌放在厨房的饭桌上的时候，那就是一只真正的手，手底下的桌子就是真正的桌子。要是日历里说明那天是星期一，那我就可以指望它真是星期一。我甚至每天早上还能骑自行车去上班，到晚上还保证我能找回家。

事后来看，我能想到，实际上我们在那个有保障的十年当中就已经在我们创造的事业里犯下了看不见的错误。我这里有一些记录，让我感到吃惊。也就是那个时候我们要许诺给每个家庭又宽敞又便宜的住房——全世界都没有过同样的项目。整个建筑行业肯定都热得发狂了。就好像建筑设计师还没有画好蓝图，房子就已经搭起来了，跳过了墙壁隔音保暖的步骤，墙缝也马马虎虎糊弄过去了，窗户上用的是次等的木材，也他妈完全不管房顶的固定，交出的房子很快就会长霉，要不然，就是大风先来把它们刮倒。我几乎难以相信这里用我的笔迹写下的话，可不得不承认，这些激动的文字说的是事实。我最害怕的是，同样的建筑方法用在范围更大的项目里。

但是，我的恐惧在六十年代里就是真实的。不管怎么说这是不折不扣的造假，我作为一个专业技工，可以看得很清楚错误在什么地方。到了七十年代，让我担忧的就完全是另一码事了。一切都只是凶兆。我有一种不吉利的感觉，总有什么事情要变得疯狂了，而我还看不到那是什么问题。我在这里写了我当时的一种感觉，好像全身都要沸腾起来了，就好像什么讨厌透了的东西在我身体里不停地长出来。更糟糕的是：我觉得同样令人讨厌的事情也正在我周围的社会里发生。不过，我盯着看的地方，也只有白色的表面。有什么东西阻止我看。

我想，就是刚才，我深吸了一大口气，跨过了那块写着"放射治疗科"的牌子。现在我坐在那里，膝盖上放着转诊单还有我的无意识和无能为力。护士们不看我，就好像我只不过是白色墙壁上的一个水斑。我只有一个愿望：这些穿白大褂的要更多一点，这样我还能来得及治好我的病。

这个坐在候诊室里的人，正好可以包括我的个人身份号码。幸运的是艾斯基尔也来了，可以证明我的存在。不过他没有什么个人身份号码。当然啦，做过很多努力，但是什么都无法固定在他的身上。他甚至不需要自卫。现在他去翻看那些已经翻烂了的周刊杂志，这些杂志对他来说也太沉了，在他的膝盖之间沉下去了。

就在我生病的问题上，这些材料背叛了我。我显然从来没有非常固执地要求他们把我的病历复印给我，尽管在我们这个国家我们有这个权力。我想知道的就是手术和放射治疗是否成功，我的支离破碎的身体是否还是活的，或者是这个坐在这里和你谈话的身体实际上早就死掉了。我想我看到你吃惊地抬起了你的眉毛。这说明我的问题问错了。一个人怎么可能是别的东西，而不是同时又生又死的呢？我们怎么能够哪怕有一时一刻从我们的生存状态里逃出去呢？

就是在这个医院里，我一眼看到了那个阻止我们看的东西。要不是我当天就把它涂写在我这个文件夹里，我想我就没法把它成功地保存下来，你看我用的是很淡的很害怕的手写体，一种突然的老年人的手写体。

我坐到了医生的房间里，我的手上都是冷汗，尝试着互相扭开。这个女医生是那种圆圆胖胖的人，你蛮可以从这种人手里接到一个死刑判决。但是她的话触及不到我。她不停地说了很久，身子还稍微向前弯着。她的嘴唇不停地动着，手的动作就好像她努力要为这条命本身辩护。但是他妈的我连一个字都听不见。我坐在那里，就好像耳朵里冒出了大堆的棉花球。或者更准确地说：就好像有某一种充满同情心的过滤器，在那种难以忍受的真相就要披露出来的那个瞬间就把它过滤掉了。过滤后剩下的就是无害的东西，甚至是很能安慰人的。

在身体里的某个地方，我好像还是能明白这样那样的我塞不进头脑里去的事情。我注意到了，我的眼睛里实际上充满了眼泪。这时候，这个圆圆胖胖的女医生就把她温柔的手放在我的手上，就让我的全身充满了安宁。我他妈的什么都不明白，不过，有什么声音在告诉我，再也不会有什么坏事落到我的头上了。

你能明白了吧，为什么那个晚上我要找阿丝特丽？

好吧，我承认了吧。我实际上没力气再去看明白这些事情了，从这天起，我就知道也不需要我去搞明白了。正好相反。有一种考虑周到的权力告诉我们，我们可以放心地不知道什么事情，放心地把我们的命运交给那些知道事情的人。在一种太令人痛苦的真相慢慢接近的那一瞬间，在一种对我们生存状态的说明要揭露的那一刻，我们就会停止下来，不看也不听了。到了七十年代的时候，我就和我母亲差不多了：对什么诊断我都不想知道，也不需要任何诊断。我想，对"忠诚"来说也是一样了。它会料理我的问题我的麻烦，但是就它本身来说，它是不愿意听到来自医生方面的什么信息的。然后呢，我的身体爱怎么沸腾就怎么沸腾吧。

当我和医生谈过之后，坐在我这间永恒的候诊室里等待某种我自己都不知道是否需要的治疗，这时候我突然看见给人安慰的事情越来越多了。我肯定已经看到了相当一段时间了，但没有真看。时不时地会有人再搬进来一张桌子，给医务人员喝咖啡的休息室再添一把茶壶。成群的护士、护理员、行政人员和检察官狂热地跑来跑去，甚至会互相撞倒。好像人人都记不住本来要到什么地方去。我几乎不敢看从人群里挤到前面来的那个态度尖刻的护士。可是等到我最后还是看着她的时候，我就看到我本来一直应该明白的事情了：她开始一分为二，很快成了两个人，朝同一个方向急匆匆赶去，而且已经开始再重新加倍分开。在玻璃橱窗后面的收款员现在越来越多，连玻璃都快要挤破了。我的希望得到了大大的满足，丰富得吓人。

不过，众多的凶兆就被这种巨大的温暖的公开的安宁压回去了，这是越长越多的白色的安宁。我自己完全记不住，不知道医护人员会增加得这么快，只记得安全是增加了。能记住的是这个文件夹。还有艾斯基尔。

就是这个时候，"忠诚"接过了有关我们生存的全部责任。是它做出了所有让人头疼的棘手的决定，也对所有令人不愉快的结果承担责任。它把足够的脱脂奶粉放在冰箱里，到了睡觉时间就关闭了电视，早晨会给你拿出干净的内裤，承担可能发生的罪行的罪责，甚至为了我而恋爱，为了最后把我的松弛的冷却下来的身体抱在它的怀抱里，保证我是不会死的。

74

"忠诚"首先是要保护我不受我自己的伤害。不是说它把我看成罪人或者伪君子。人的本性毕竟是善良的——只有卑劣的利益的诱惑，还有不健康的竞争，会让本来健康的大树长歪。不，"忠诚"保护我们就像人们保护一个天真无辜的孩子，不让他们去捅墙上的电插座，不让他们弯腰去看井底。它也防止我们去看那些对我们来说过分的事情，去发现那些会划破我们脆弱脑膜的关系。它保护我们不受我们自命不凡的过去的伤害，这种过去只会对我们提出一大堆折磨人的要求。

要不是艾斯基尔总缠着我，很可能我就不会产生什么怀疑。他一个晚上都不让我安宁。不对，星期六的晚上我总是能睡得很香的；在狠狠地喝了两大杯酒之后。艾斯基尔自己也抵抗不住酒的诱惑。尽管只要给他灌上几口就够了，是的，因为透风的身体，实际上他只要闻到酒瓶塞子的气味就会醉醺醺的了。每个星期有一个晚上我就可以得到安宁。我只是感到奇怪，我怎么弄到酒的。是我用来保险能找回家的线够长，能接到酒局去吗？

不过，每个星期其他的日子，他就会用他的怀疑来纠缠我。我有没有考虑过，在我自己的身体里翻倍生长起来的东西和我们周围的社会里沸腾得越来越厉害的那些东西之间，是否有相似的地方？我能不能懂得那种有危险的事

75

情，我已经把自己搞成了盲人，对那些符号里包含的意义都看不见了，还同意不去看真的发生在我自己和我们所有人身体的事情？还有，如果我现在赞同那种白色的安宁，那我有没有理解，在这种情况下，我还在我的文件夹里保留了那些过去的碎片，这是什么样的虚伪？这个国家不是很愿意抖落掉所有的历史吗，历史会阻碍工人运动的自由和引起不愉快的比较。艾斯基尔一个晚上接着一个晚上地纠缠我。而我呢，也只能接受他这些无情的问题的影响。

很可能就是艾斯基尔的烦恼让我开始考虑，在我们同意不去看的时候，到底发生了什么事情。如果我们满足于身体里还有我们周围世界里的这些白色斑点，会有什么样的结果？所有这些删掉的东西，既不能看，也不能听，也闻不到，就只像间空房间那样在那里空着，它们就满足于停留在它的虚无中间，还是会回来，也许就像一个狡猾的来报仇的人，或者像一个被粗心大意地关起来的疯子？我们紧紧收拾起来放在一边的东西，会不会突然从虚无中间冒出来，威胁我们的生命？我这里有些笔记，都很难看得清了，说的是有一个大肿瘤出人意外地在大街上冒了出来，一下子变成了一个人的样子，把刀子插到我们最……行了，别说了，我以后再说这个吧。在另一张纸上还有几个字，能让我明白，我们周围那些白色表面，怎么会在一个下午冒泡一样冒出绝望的胎儿的脸，还有抓在一起的小指头，又苍白又皱巴巴的生命，从一个废墟一样的未来世界里爬了出来，天生就是一团怒火，好像还被我们的盲目大大加重了。

肯定是在什么地方，一切都搞错了，尽管我也说不出错误到底在哪里。我知道的就是，我们有些年轻人，以为他们能把所有的事情再扭正。要是我告诉你，其中有一个年轻人经常到我这个只有一间房的小单元来看我，这大概也算不上什么背叛吧。他根本就不怕做出一个诊断。他自己一个人做不到的事情，我多多少少会帮点忙——我毕竟是唯一的还有一个档案存在这里的人。更多的事情我就不敢说了。我还不能保证，我就可以百分之百地相信你。

反过来说，我也许敢告诉你，他想出了什么办法可以对付失忆。失忆给了他机会，这是别的东西做不到的。所以我敢说，他和他那个圈子里的人，可能会把握好这个问题，就算他们必须朝一条小路，走什么捷径，这会让我的心都跳到喉咙口。是的，我说的是"可能会"，因为很多问号已经开始在我们周围出现了。

他是一个很聪明的家伙，这和所有那些官僚和政客都不一样。那些人在我们这个王国里到处都是成群结队的，已经忘记了自己姓什么，尽管人数一直在翻倍又翻倍，他们还是什么事情都难以完成，难到让人绝望的程度。他们要不是翻错了日历，就是把公文包忘记在什么地方，要不然就是丢了钥匙，既找不到自己的汽车，又找不到他们孩子的托儿所。早上的时候，他们得从某个房子或者某个超市开始上班，到了晚上，就得想办法去找到什么新的家庭。他们完全忽视了来看我的这位客人所理解的要投入全部资源来做的所有事情。他有一个小手提包，用一根链条连到他的手腕上。这就是他的记忆，他的指挥中心，也是他的身体价值无比的一部分，可以到处跟随着他。他淋浴的时候，也会把这只带着提包的手伸在外面。就是他的女人们也会发现，他要说服她们入港的时候，这个黑皮还带拉锁的记忆也会掉在她们的肚皮上。我甚至相信，这会给她们额外的刺激，因为这个未来权力和荣耀的象征就在她们的大腿根上拍打。

他还要来搞我们这座可爱的房子，要拆掉我们这里的几片街区。尽管他自己更愿意说什么必要的"优先"。或者就像他说的：他要给人们看看，左派**到底**是什么意思。所有我已经看到的，所有我费了牛力气才学会的东西，都会让我反抗，像马直立起来拒绝前进。我也能感觉得到他挑战的那些权力的力量。但是在我内心里还是有些东西，我愿意努力去搞明白。他毕竟是我的儿子啊。

78

克利夫也会谈到我们这个社会的缺陷。不过，解决它只是一个时间问题。有一个晚上，就在我这个厨房里，他是这么表示的，说这个创造还没有真正完成："我们还得在这个不完整的社会里继续生活一段时间。"

他转动着手里的啤酒瓶，看着那个撕掉一半的啤酒商标标签陷入沉思，但是，最后把瓶子嘭的一声砸在桌子上，笑着说："你和我，我们会对付得了它的。"

它那个不完整的社会。

他的话会给人那样的安慰。他敢于承认。同时他又充满了良好的愿望。要到以后我才会明白，他的话里那些让人恐怖的含义。

他们那些不完整的孩子。

你一定已经明白了，对我和我那些上人民学院的同志来说，是的，对所有支撑起最早的那个还昏昏欲睡的工人政权的人来说，教育是很神圣的事情。我们没上过什么学校，但是我们崇拜诗歌、音乐和艺术，也已经认识到，要征服社会就必须包括文化。我把这张小小的下面有我名字的剪报贴在这里，很明显这是我们社青团报纸上登的一封我写的读者来信，或者是我对调查问卷的答复，在这封信里我要求学校给那些年轻人"更多机会去发展他们自身具备的才能，根据他们内心可能性的尺度来成长"。

我受的教育，是人民学校的读本和鞭打的结合。但是我也有自己的教育过程。我不敢说这些教育就足够让我成为什么人物。也许我也认为这不是我负担得起的。但是，我一有空就读书，在这个第二个夹子里，书脊上写着"科学的世界"的，我收集了所有我可以找到的人类的知识。这里面我贴了有几百张剪报了，都是这么多年我搜集的，有关经济，有关外国的事情，有关天文学，有些很少见的问题和上帝才知道的什么知识。这个夹子就是我的大学。

当然，我不能很近地跟随学校里面做的那些事情。我的男孩子很早就死了，还不到上学的年纪，从那个世界到我这里的信息，多半就是从上面来的，有关知识的那种广大，那是上帝的保佑。我对有些力量有很大的信任感，它们打碎了那种不公平的挑选学生的学校制度，创作了一体化的制度，对所有人都提供一样的教育机会。我也不要求任何人告诉我里面的事情。我和这种新学校接触很晚，一直到了八十年代的某一天。从那个红纸夹开始的那几页就是说这件事情的。

有一个郊区的那种学校邀请我去，他们要找一个曾经参与过我们这个福利国家的建造的工人去谈谈。女校长还建议我带亚尔马·布朗廷去——很可能是她根本不知道布朗廷都死了六十年了。尽管我们对什么"哲学的"问题应该更加小心一点。我明白，她说的其实就是历史。她自己教的课是什么实用经济学，过去在世界上那是叫作"学校厨房课"的。

要带布朗廷去当然不容易。我不得不利用我的所有关系，哄骗跟他工作过的什么人出场。我特别提到了我们一九零九年的会面，那个人很高兴，还记得我。"我们一起订过条约啊"，他大笑着说。不过，现在他只不过是他过去的那个自我留下的影子而已，因为胡子有很长一段时间还在继续长，那重量就把影子都弯曲了。我已经有很多年没听过蟋蟀叫唤了，就很难抓住他那种苍白的声音。不过，在他灰蓝色的脸上，那对眼睛还放射出相信未来的光彩。

我不明白，我怎么就把那次到学校的访问弄成了，我的意思是说，先有好几天记得住那个邀请，然后还能找到那个学校，不过，反正是成了。到了那种情况下，校长当然是换成了另外一个人，不知道怎么回事，不过，反正我们已经来了，他就带我们去了九年级的一个班级。

这样我们就站在门口，准备进教室。我们是三个人，布朗廷、我和艾斯基尔。那是一个阴雨天，我们在走廊里就能听到那些孩子们鼻涕都流成了什么样子。布朗廷那种像是来自坟墓的咳嗽也没人当回事了。不过，我们在门口停了下来，我瞅了这个又瞅那个。有什么东西缺少了。

孩子们简直就是不完整的。他们的眼睛越过我们看着后面，好像他们是训练过的，不注意那些特别的事情，只是被动地让一种闪烁的光通过。他们从来就没机会学习怎么去看！就是脸也没有完全长好，就好像造了一半的房子，因为钱花光了就留在那里不动了。那些灵魂的镜子证明他们内心的成长也已经被阻止了，证明有一种好奇心愿意把地平线本身给炸掉，但脚都被捆绑起来了，就像我从《人人》杂志上剪下来的一张图上的中国小脚女人。孩子们不停地说话，不过都是只有一半的思想系列，分散开的叫声，有头没尾的句子。他们说的话就像一把碎石头，朝着大约正确的方向抛出去，而不是一块瞄准什么扔出去的石头。好像他们互相之间是能明白的，开开心心的，不过不是用说的话，而是用身体的动作，还有做鬼脸。

同时呢，这个班级好像是很快活的，没什么烦恼的。孩子们会突然爆发一阵大笑，不过笑声很快就会犹犹豫豫地停下来，好像他们忘记了他们要笑的是什么——我问他们的时候，他们的眼睛都瞪着我，不知道我问什么。

连他们的手都没有长完整啊！有一女孩坚持着一定要拥抱我——"劳公公，劳公公"，她反复地说——她用手摸我，可指头还从来没长出来呢。她也没有注意到我都僵硬在那里了；我们这些上了年纪的对这种现代人的拥抱都会感到不舒服。她的眼睛是模模糊糊的，同时又是在寻找什么东西。有那么一秒钟我看到那里面有一种目光——然后她又躲在里面变得不可接近了。就好像她可能变成的那个人因为失望又转身离开了，重新睡着了。

那个老师，长着八字胡子，穿着泥瓦匠的衬衫，脚蹬着木头鞋子，愿意做一点小小的讨论，就像他说的，在我们荣幸地有了几位来自上一个历史章节的代表的时候。他热烈地指着他自己滔滔不绝的嘴唇，不断鼓动学生们提问题。但是他们不知道，老师指望他们知道的是什么，除了我们谈的"世界上过去到底怎么样？"这个问题，还有什么别的他们该知道。他们的背景，看上去显然就像我们身后的那块擦过的黑板，只有在空的地方还有些个别的试着写什么字的痕迹。有一个学生还是愿意知道，我老爸是不是经常揍我；还有一个学生想知道布朗廷是否坐过牢。我们的信息都得到了很友好的回答，但也是很奇怪的，没有笑完的笑脸。很明显啊，这些被阻止长大的孩子没有能力懂得布朗廷的脆弱的声音。他们需要拧高音量，要有很多低音。

因为谈话进行不下去了，我们就试试讲一讲瑞典福利制度建设最初的出发点。孩子们随着我们的谈话，把手举起来在空中摸索，可是他们想抓住我们说的事情的时候，手指好像就滑开了。那个老师就把我们打断了。

"第一个学期我们就学完了历史。我们不需要听什么好玩的故事，把本来已经搞清楚的事情再来弄一遍。也就是说我们早知道正确答案了。"

他挥舞着一本黑色的已经读烂了的书。我觉得我认识这本书，那是我们在社青团的时代就学过了的。

我们再试试改变话题。不过，看起来很难谈什么地理啦生物啦物理啦或者化学啦那些方面的问题。我们慢慢了解到，这些科目没有自己的名字，而是都包括在一个叫作环境新闻的大课程里。我们得知，他们的教学大纲把科学知识的传授当作"对学生个性发展的阻碍"。这些词汇这么样子使用，听起来真让人痛心。

"学校不可以拿出一大堆在年轻人的经验里没有基本选择的东西，这样也许只会降低他们批评的潜力。所以在我们这个班级里，我们不用别的，而是自己编更加明智的教材，就用那个角落里的复印机复印。不管怎么说，学校要给人提供的信息，还是工作的方式。"

最后，布朗廷带着非常疲倦的口气说："现在我想知道，你们到底在读些什么东西。"

"读什么？"

"是啊，看看你们课程表里有哪些伟大的诗人。"

那个老师把身体向前侧过来，好像要听得更清楚，脸上还有掩藏不住的笑："我们真的不是那么看问题的。没有一个作家比另一个作家更伟大。我们也不再有什么东西写在课程表里了。我们是试验着前进，一天又一天摸着石头过河，而且这和失忆也没有什么关系。这是一条原则。每天早上我们总是根据课堂的具体情况来开始，比如有一个男孩子夜里刚被刀子捅了，或者有一个女孩子觉得她已经怀上孩子了。那我们就从这些问题开始，选择一篇有可能处理这些问题的课文。我们这里和过去那种老式学校的书呆子教育不一样了，那种教育的目的是什么提高学生品位，或者增加学生的敏感性。我们不一样了，你爱读什么读什么，只要觉得好就行。这里讲的是民主。"

"民主？"布朗廷应声说，到这个时候已经明显非常非常疲倦了，"这就是我们为之奋斗的民主吗？"

那个老师耸耸肩膀，表示非常理解："你们在你们那个时代当然尽了你们最大的力啦。我们是非常感谢的。可你们活了很长时间了。"

他住口不说了。我看看表，也就明白这是开饭的时候了。孩子们都冲出门去——他们至少还看得清方向。不过那个老师却缩到了教室的一个角落里。这个时候我才看清楚，那个老师的住所在这里。在地板上铺着一个泡沫塑料的垫子，旁边有一个热水瓶，还有一个放粗麦面包和水果的小盒子。他脱掉木鞋，把脏兮兮的床单拉拉平，给自己倒了杯咖啡，像猪叫一样咕噜着坐下来。然后他就翻开一张报纸，全神贯注地读起来。他的嘴唇跟着读到的句子蠕动来蠕动去，做出那些字的口形。我凑过去问了一个问题。他把头抬起来一半，挥手让我走开。他把这天的报纸通读了一遍，用的是和他爷爷当年大声朗读《福音书》的时候一样的口气，一样地脚上不穿鞋只穿袜子，为的是显出星期天的尊贵。

我明白了，我面对的是一个来自那些已经烟消云散的革命日子的狂热灵魂之一，他们曾经征服了教育界和媒体的各种喉舌，现在还不死心，要把他们激动起来的思想再向前推进。他把教室当作了自己的家，因此有意或者无意地就在他的生存状态里找到了连续性。他不像所有那些到处转悠也没有知觉的人，他没有被失忆征服。而且，每天早晨来的孩子们当然都是新的，但是在加工好的木材里还是留下同样好的痕迹。无论如何，我对他的印象其实并不那么坏，不会真的不喜欢他。

不过，布朗廷说不出话来了。我能看到他发灰的嘴唇在找话说，因为一种过分巨大的激动；那嘴里只说出耳语一样微弱的沙沙声音。通过嘴的动作我还是能跟得上他想说的意思：他想说的这里的人对工人子女干的事情，在孩子们要发展他们沉睡了的机会的时候，却受骗上当了。

所以不是他而是艾斯基尔做了最后的总结："我们粉碎了那个阶级社会，自己再重新造出一个阶级社会！"

我偷偷看了布朗廷一眼。眼泪已经从他空空的双颊上流下来了。有些泪珠还挂在他的胡子上闪光。这是我第二次看到布朗廷哭了。

艾斯基尔指出了那个薄弱的环节。正是在他说话的时候我突然想到，那堂课开始的时候，有两个孩子表现得比其他孩子显然要成熟得多，而且在现实里也更加有找到归宿的感觉，那个老师还把手指放在嘴上告诉我们："那是出身于，让我怎么说呢，所谓知识分子家庭的孩子。那是一种新资产阶级。要把他们管住可真不容易。"

对我来说，一切都变得那么一清二楚，这个学校干的是什么事情，是对我们工人子弟的背叛。布朗廷说不出的话就是这个意思，这也是"忠诚"不允许他用话来表达的意思，那是用这个班级里的孩子的身体表现的，这些不完整的孩子。

同时，我也就认识到了，现在也是"忠诚"正在考验我呢。正因为这涉及到我年轻时的梦想，我梦想受教育和个人的发展，正因为就在这个课堂上，有些事情正因为我就成了赌注。现在是考验我站在哪一边的时候了。我有一种感觉，我正在被磨碎，就好像这个世界上过去发生过的事情，那个时候，杀了国王的罪犯要被五马分尸。在"科学的世界"那个夹子里有一张画就是画的这个。

无论如何我**不能**做叛徒。"忠诚"需要我，也许特别是现在，当我摇摆不定的时候。我有一种直感，正是我们自己的软弱，成了"忠诚"的营养。

布朗廷一直看着我，很明显，他是在琢磨我的疼痛的脑子里有哪些想法在互相打架。他想抓住我的肩膀，就像上次见面那样。而他的眼睛在说："你总不会放弃我们伟大的梦想吧？"

不过，我不想知道他的手是怎么了。他根本就不明白。他已经死了好久了。"忠诚"曾经是从他的话里开始的，但是随着"忠诚"越长越大，也离他越来越远。事实上，就像那次参加罢工集会的人，不过，现在可不是为了把老板的啤酒喝个够，而是为了能陶醉在快活的不用负责任的自由自在里，在各个方面看到生活不再受到伤害，为了能陶醉在天堂的运输服务里，还有让人开心的咖啡点心茶会，像闪光的星星，遍布整个瑞典，到处都是。

这可不是我原来希望看到的，不过我能怪谁呢？这么伟大的事业，不可能用布朗廷和我曾经梦想的那种方法来完成。现在我看到了，我的心也在发抖。我从来也没有像现在这样感到孤独。

有的时候，需要做出牺牲。现在需要牺牲的就是我。我明白了，人可以强迫去背叛什么，为了忠诚。

是的，我做的是大事情，太大了。先是我挣脱了布朗廷的掌握，退了一步。然后，我做了那个擦掉的手势，就好像电视上那些驱赶魔鬼的人常常做的那个手势。我只会这个，别的都不会。

我是把我的师傅都否认了。我看见他就那么消散了，就像一道让人悲哀的青烟，没了。或者那只是我自己眼睛里的泪水吧，让我什么都看不见了。

不会的，布朗廷和他那代人，绝对不会想到后来这几代人看到的现实会是什么样子。先前那个时候，人哪，没的说，肯定是生活在一个又没有安全保障又没有公平正义的国家。不过，不管怎么说自然的规则那时还是有用的。现在呢，到了我们这种时候，我们活在一个什么事情都会发生的国家。我想到是那个把首相都可以杀死的时候。不管是这样还是那样吧，在这件事情里头，这个垮掉了的时代全都装在里头了。这事我要好好告诉你的。我毕竟是唯一的还有记忆的人吧。

　　有一天克利夫给我打电话了，激动的样子很奇怪，说他这么多年第一次让自己变得自由了。他把身边的保镖哄走了，现在他要自己出门去看一场足球赛："看完球赛以后，我们大概去你家坐坐，要是你家里还有几罐啤酒就最好了。"

我真吓坏了，抗议这种没头脑的愚蠢行为，可他只哈哈大笑，很得意这种恶作剧，其实是男孩子淘气一样的事情，好像大大过了一把瘾。然后他又认真起来了："很简单啊，我总可以和普通人坐在一起吧，就是一两个小时也行啊，感觉感觉他们身上的温暖，他们的狂热我也能分享，他们要是垂头丧气我跟他们一起垂头丧气。我都不记得我最近一次看到一个单独的人的脸是什么时候了，当然你的脸不算。是啊，你当然知道我的难处啊。"

　　我当然很知道克利夫的痛苦。他已经好多次坐在我的厨房里抱怨过了，还带着一种被激怒的冷气，他现在只能从一个天上的老鹰的角度来看世界了，能看到的都是大的计划、原则，还有全面的解决方案，但是一点都看不到单独的人，看不到那些人的损坏了的生活。他会把身体向前凑过来，用很低的声音对我说："那是政治家的地狱。"有一次他还补充说："幸亏我还有你啊，马丁。你是我和现实的联系。"

　　就在那种时候，就在我正准备说几句话的时候，他会突然打断我们的谈话："我有一种感觉，很强的感觉，我们的谈话一直是有人窃听的。"

　　我就从电话号码簿上撕下一张城里的地图，在我住的地方画了个叉，然后在足球场那个位置也画了个叉，然后在这两个叉之间沿着那些街道画了一条红色的路线。我必须出去，不管花什么代价。必要的话，就用我自己的身体去保护他。

我这里有些零星的记录，都是有关对他的一种暗暗压着的仇恨，一下子就都变得很清楚了。那个时候居然会出现那样的调子，现在要理解比较难。那张纸上我本来写下过从那些沉默的舆论中突然发作起来的反对意见，现在突然变空白了。也不清楚，是不是有人进来过，把这张纸换掉了，还是那些字迹自己就消失了，那也就成了那个白色王国的一部分了。我不可能自己愿意把文件夹里写的东西擦掉吧。不会啊，有关这次谋杀本身，我做的记录里不管怎么说有着这么两行字，说的是我突然明白了，在"对克利夫的暗藏的但也是越来越讨厌的批评"里面，有什么样的致命危险。看起来，不管是偷看的人，还是失忆，都没有想到过这几行字啊。

所以，我是带着不是胜就是败的决心走出去的。自然我也就迷路了，在外面瞎转了一两个钟头。我急疯了。那些字一下子都有了意义。在那张空白的纸前面那张纸上，我曾经记下来过一些圣人才有的奇事，说的就是他，尽管他那个时候还活着。就像那一次，有一个早晨他到首相府去，因为刚和工会有过一段时间毫无希望的谈判，他已经筋疲力尽了，心不在焉地就把他的外衣挂在一道太阳的光柱上了——这衣服就那么挂着。一直挂到太阳到了云彩的后面。这样的奇事真的让人恐怖，因为会给人这样一种圣人的图画，让这个人死得很壮烈，是个烈士。我在城里横冲直撞到处瞎转的时候，人都绝望了，心里也明白要发生什么大事了。

这样一种牺牲，让人恐怖的就是出事会出得恰在那个点子上。克利夫跟我说过，他已经越来越受不了了。从很多方面他都听到了暗示，意思是说他现在已经成了"忠诚"的累赘。民意调查的支持率下降了又下降。问题就在党能把他弄到什么地方去。让他去某个国家当大使可能说不过去，地位太低了。让他去做国际联盟的头头怎么样？这是有可能的，不过可能性看起来小得可怜。

同时呢，我也一下子明白了，明白得让我发抖，明白了在我们这个国家，不可能的事情会怎样变成可能的。看起来是现实无情，已经把交情放到一边了。没错，在又一个明显是资本主义政权的插曲之后，我们在八十年代初又重新掌权了。我们时不时地是会让别人掌掌权的，为的是让社会占有必要资源的速度能更快一点。为了让车轮能够转得动，我们也会把所有价值都大幅度地贬值。这么说吧，人们的所有要求都贬值了五分之一的时候，我自己的病马上也就容易忍受了。这些措施给了我们一个呼吸的空间，不过我真的不敢肯定，我们是否利用了它，或者说我们还**能够**利用它。事实是，大多数的事情好像突然都已经太晚了。只有一件事情还不晚，那就是要救克利夫。

瞧那边！我远远地看见他在人流里朝我走过来了，一个咆哮的挥舞着旗子的人流。这条街我找对了！在我们周围的是那些日常生活里的吓唬人的空白，是柏油路上那些白色的水洼，还有人们的面孔上和房子墙壁上越长越大的虚无。但我还是找到他了。他也看见了我，举起了手臂，要挥手向我打招呼。

这时候突然有一个家伙从人行道上某一个白色空洞里冒了出来。就好像那也是街道的一部分，在一秒钟里就从石头里钻出来，它有灰色的面孔，还有很坚硬的双手。所有那些被挤开的仇恨，所有那些咄咄逼人的攻击，本来是没人想看到的，现在突然有了和大毒瘤一样的形状：就在这块石头正中间，有一张被仇恨和紧张扭歪了的脸，拳头和动作都是由排挤到一边的看法和价值观来控制，一把刀子被一种力量推动着，就好像有成千双手一起抓着它，就这样——还没等我们站在周围的人明白是怎么回事情——这个家伙就赶紧跑掉了，有人说他动作快得就像一只猴子，还有人说他轰隆隆地就像一个受了伤的熊。唯一我们大家都同意的，是他只奔跑了几步就消失在柏油路面里了，就和他刚才从人行道里冒出来的时候一样突然。

还留在大街上的就只有首相了，他的胸口被捅了好几百刀。这一切都是在两三秒中里发生的事情，不过看上去这个罪行是很多人一起干的，是很多人的意志一起干的。第二天的报纸上就那么说的，纯粹从医学角度看，可以证明凶手有好几个，尽管目击者都说，他们只看到一个人。

现在就碰到了非常少见的事情，只有在失忆的王国才会发生的事情。所有人都从嘴角边提出了抗议，所有过去的遮遮掩掩的仇恨，鬼鬼祟祟的漫画，对他个人的攻讦谩骂，所有这些费了好大劲从他们嘴里吐出来的，或者是从他们笔下写出来的，现在就完全没有了，没了，就好像从来就不存在。这个被杀的人现在成了圣人，有很多传闻，都是说在这个谋杀地点周围观察到的预兆。你大概已经听说过了，他们说在每次国会大选之前，在人行道的石头之间就会渗出鲜血来。在他死了以后，就再没有一次大选会失败了。至少原则上是这样的。

同时，他的死亡自然而然地又让他成为了不死。这个你可以自己去看。要是你往城里继续再坐几站路，到了阴影中间，一直到那些老百姓的失望让路灯都不亮了的街区，那些街道都像鞋带一样打了结的街区，你肯定就会碰到他的。你简直就不可能错过他——他的那个地方是没有

95

什么出口的。你找到他的时候，你就再也不能往前走了。你只要打听那个销售大厅就找到了。

不过，我本来要告诉你的并不是这个谋杀，而是在那个时刻变得一清二楚的事情。有好几天里，那都是可以看得见的，而我看到的事情让我真的感到恐怖——所有的合理性都被取消了。

触发了所有这些事情的原因，可能是在八十年代的某个时候，我们在一夜之间取消了所有的限制和规则，因为有一种模糊的感觉，好像是发展本身要求我们这么做。而发展本身给我们的回报就是逃脱了所有我们的预想。突然间什么都可以发生了——也确实发生了。这次谋杀让我看到很多过去本来看不到的事情，因为这种事情本来是不应该在我们这个社会发生的。我突然看到那些从事金融的人怎样可以互相推销空气，而且价格还越来越能骗人——而且那些高高兴兴的飞涨的债务，是把所有老百姓当作抵押品的。不过在我们这边事情看上去也好不到哪里去。就好像越来越多的人发现，拿"忠诚"开开玩笑是很容易的。我还上班的最后几年，我已经注意到了，一起上班的伙计们开始偷懒，有一两个星期一不来上班，还把建筑工地上的材料顺手牵羊拿回家去。现在我还一下子看明白了，整个整个的星期都会从日历上消失掉，你在造什么街区的时候整个房子也都会不见了。所有这些事情看起来都进行得越来越快，越来越疯狂：巧立名目，弄虚作假，消费了又消费——所有这些事情上的天空都裂开缝了。星星点点发生的事情会给我和那个过热的二十年代一样的感觉，不一样的是那会儿别人要负责任，而我们的任务是把一个新的瑞典从废墟上重新建立起来，而现在呢，这可是我们自己的事业垮掉了。

也许，现在开始发生的事情本来是可以处理好的，只要我们让自己投入进去，而且对正在进行的事情要保持头脑清醒。但是我们很快就又会遇到我们自己内部的审查和禁令。我认为，就在我们自己的梦想里，我们也感觉得到什么是允许我们做的，什么是必须排除在外的。

这种负疚感对我的折磨从来就没有停止过。是我自己也同意的，还在那次谋杀之前，就不愿意去看落在我们头上的那些可怕的预兆，我们大家都同意这么干——我们的盲目是我们自己情愿的，所以就让本来不可能的事情也成了可能的了。我们周围全都是这样。这次谋杀只不过是开了一个头。

我的良心不安，意思当然不是说我也参与进去了——我对克利夫是很尊敬的，是啊，他是我的老朋友，尽管我也是不情愿地看到，他已经成了我们这个事业的累赘。不过我也是那些有责任的人里的一个，是我们把不可思议的事情引发起来的。而且我也不够快，在他自己轻率地把自己暴露给凶手的时候，没有及时找到他。我画的这张地图我还留着呢。你可以看到，这条红线没有画到头，没有画到整条路线。就在这个容易选错路的地方，有好几个街区我没有画红线。是因为太匆忙了，还是粗心大意？我也许没有搞明白，等待我做的到底是什么事情，不过，我的手可能知道。

就是这条断了的红线，让我料想到"忠诚"已经成了别的什么东西，而不再是我们所有承担它的人加在一起的总和。如今，它的呼吸都让人感觉很陌生了。

我认为我们的社会现在麻烦太大了，尽管也不再有可能去把握这麻烦到底是什么。

不过，不管好坏吧，还是有那样的人，准备去解决这些简直无法把握的问题。其中有一个人，是跟我关系非常非常紧密的。

现在是要紧的时候了，应该告诉你发生在我头上的事情——还要告诉你在我们这个国家的准备工作方面有些什么问题。我之前一直不想说，因为这是跟信任不信任你有关系的。不过现在我开始信任你了。我感觉你是站在正确的一边的，所以我其实不需要像一开始那样小心翼翼。

我已经收回了我的儿子。而且是他要考虑领导社会民主党的重建工作，是的，不管好坏，反正要把"忠诚"完全重新改造一下。有一天他就从那边那个门进来了，样子看上去就和贡纳尔的儿子一模一样。他自己把自己叫做人民之家的孙子。不过他也是**我的**孙子。

他不知道从谁那里听说了我保留的这些材料。要想整顿我们这个党，正好需要这样的材料。他需要一个历史框架，这样才能知道我们站在什么地方，我们的出发点是在什么地方，还有哪些出路是没有试过的。正是我和我的文件夹子，能使得贡纳尔起草的未来有可能成功。

我想我已经告诉过你，他怎么会克服了失忆。我不是提到过他总是用链条拴在手腕上的那个小手提包吗？就是到游泳池里他也带着，举在水面上就好像一个表示胜利的手势，此外就是和女人上床他也带着。在那个小小的皮包里就有他的记忆。那是一个经验的储藏室，是我们的政客们和官僚们还有其他的蜉蝣已经丢失掉的。在他用链条拴牢的那个外部记忆里，贡纳尔不仅放了他的黑色日记本，还有一个小小的档案簿，里面有印制精美的搞运动的各种计划。那里面当然还有所有人的通讯录，有其他的要点，有住房和办公室的钥匙，还有最新的女朋友家的钥匙，而所有东西里最最敏感的，是新的党的工作计划的草稿。这个提包里当然还装得下他需要的其他东西，这样他随时随地都可以进入他和他的工作小组任意使用的清理干净的电脑设备。对啊，这当然不只是他们的电脑设备，不过其他人肯定都忘记了这种设备还存在，此外，即使那些人受到了记忆意外地瞅了一眼的影响，也绝对不会找回到这些设备来的。这个电脑中心也是彻底清理过的，和所有其他被病毒污染的记录仪器是不一样的。那些记录仪器只会折磨我们的生活，把我们的孩子和欠的税搅和在一起，追赶那些被社会赶出去的穷光蛋，说是可以为他们提供优厚的投资机会，还会命令教堂里的牧师和医院护士立刻到戒毒所去戒毒。供贡纳尔和他的同志使用的是一个洗干净了的设备。对他们来说世界是开放的。

我很害怕，如果一个极右团体也得到同样的机会，那会发生什么事情。幸运的是贡纳尔和他的同志都是可靠的社会民主党人。把这些工人运动的孙子辈和我这样白发苍苍的老社民党区别开的就是他们会大谈"党的十分必要的吐故纳新"。

在这样的前后关系里，我的地址还有我的宝贵的功能都可以在那个带着叮当响的链条的黑色小手提包里找到。对贡纳尔来说，我就是一部历史。贡纳尔就是这么看的，对于我们的社会总体来说，我就是一种保证，让政治家不会忘记他们在干什么，也不会丢失那个比较大的眼光，就是今天的古怪也属于里面的，在他的眼睛里，我代表一种持续性——是啊，他就是这么说的呀——可以回溯好几代人，能为我们现在每天的活动创造空间和意义。看来他觉得是历史让现在变得让人理解。

我也相信，他明白他在一定意义上是我的儿子。他觉得，他代替了我那个三岁时得肺炎死掉的那个小男孩。我肯定给他看过讣告，就是贴在孩子的玻璃照片框上的那一张。实际上有一次他说过："阿丝特丽问候你啊，她要我转告。"我真的大吃一惊，张嘴看着他说不出话来了。他是不是在搞鬼捉弄我啊？这我可难相信。不用说他已经成了我的儿子，我的意思是孙子。

有了我可以给我儿子提供的这些保险的出发点，他就能有一个全面的眼光，一种方向感，从长远来看让他变得不会受到伤害，无懈可击。我必须说是"从长远来看"，因为我们最近这次大选已经失败了。

不过，刚刚过去的权力交接其实并没有什么意义。所有那些刮过战后年代的一阵阵的风，其实都是一时性的，长不了，在那种风头上，一个电视台星期六的节目，边喝喝咖啡边传播点小道消息，或者是星期天的早报上说点悔恨的话，其实是隔夜的酒还没醒过来，这就能把国会的大选翻个底儿朝天。这没什么大不了的。那些可怜的反对派一下子上台掌权了，赶紧往四处看看我们会做什么反应，然后就要努力做点差不多一样的事情，可能力又不够。所有的党都是在辩论的时候才会区分开来的。归根结底大家都要为"忠诚"服务。

而且我们很快就会拿回权力的。到了下一次，贡纳尔考虑进入领导层，很简单，就是因为他已经学会了怎么对付我们束手无策的局面，就是因为像他强调的那样，他有我和历史做他的靠山。我其实还不敢说定呢。我还不赞同他和他那些同伙的新的自由派观点呢。相反，他们让我不放心，越来越他妈恼火，虽然我也知道，如果他上了台掌了权，"忠诚"也会来照管他的，就算"忠诚"有点自己的毛病。"忠诚"会被正确的话放到他的嘴里，会强迫他退几步，回到那条狭窄的路上。在那条路上他肯定会前程远大，这还是我很清楚的。

一直到大选之前，贡纳尔还是政府某个关键部门里的"专家"，我想是财政部或者国务院，不管怎么说，和权力核心是非常近的。别问我他年纪多大了。要是我说三十岁，那是因为我很快就能算得出，我原来的孙子活到现在应该是什么年纪。所谓"专家"，就是说你没有受过什么教育，不过属于社青团的，又进了什么能当饭吃的技术部门，那就叫"专家"了。就算他肯定从来没有打开过一部小说来读读，或者翻翻一本植物图集，但是他在数据、信息和运筹方面的知识，肯定是让你印象深刻的。那些知识就该那么叫吧。他知道怎么可以达到目的。现在他坐在所谓影子内阁里，或者至少是就在附近。

很有可能你也听出来了，在我讲到他的时候，在我的爱里面也有点苦恼的语调。我已经说过了，在那个他们反复讨论的党的吐故纳新里有一种含义，让我从骨子里感到害怕。要是"忠诚"现在不愿意这么干怎么办。那他就会遇到麻烦了。

所有那些新政策，对于我们这些老社民党员来说就像剪碎的红布一样的东西——什么降税啦、个人保障私有化啦，还有私有住房啦，允许不用忏悔祷告不属于任何宗教派别的学校啦等等——所有这些都是资产阶级的货色，现在却再次用到了那些年轻人起草的新的党的计划里，不过，现在当然不是为了让那些有钱人的生活变得更加快活，而是为了建立一个新的福利制度的基础，因为老的基础已经要崩溃了。贡纳尔还谈什么保持一定的失业率，这样可以压低工资，就可以得到一个范围更大的经济——这样就可以有更多小企业！他预计这样一个经济繁荣局面在一两年后就会出现，就是他和其他那些年轻党员重新取得政治权力的时候——那么到时候，这不是意味着要打断工会的脊梁骨，还要把所有那些所谓给政府施加压力的游说团体都从国家机器里清洗出去。所有这些之外还不够，他还谈什么我们必须束紧裤腰带，就能还掉从还没有出生的人那里借来的更多国债。这真是让我犯晕。

——"只有我们可以推行必做不可的自由政策"，贡纳尔就是这么说的，"资产阶级政党是没这个胆量的。"

事实上，要是和艾斯基尔比较起来，对我来说，要咽下这个修正过的党的计划还是比较容易的。对他就不那么容易了。贡纳尔一到我这里来，艾斯基尔就会发火，完全控制不住自己了，而且我认为，无论如何，这和阿丝特丽还有我们的儿子没一点关系。不是那个，让艾斯基尔控制不住自己的是我们那些年轻的社民党员极少再提到**他**的无政府主义价值观，而他这一辈子都在为这个奋斗——还用这些价值观来折磨**我的**生活。其实他应该高兴才是，可他妈的他就是不高兴。就在你来我这里之前几小时，贡纳尔还和他的几个朋友在这里坐了坐，大谈什么新的自由的意识形态，谈什么要代替强大社会的强大个人，还有什么年轻一代的尖锐的领导人要和监护人的角色拉开距离。是啊，他完全公开地提出了对知识的要求，谈到个人发展有可能实现对"忠诚"本身的批判。我注意到我自己坐在那里都要冻僵了。我要他们至少把声音放低一点，别让我的邻居听见了。不过艾斯基尔变得完全疯狂了。他大喊大叫说，他们偷窃了无政府主义的想法，掏空了里面所有的人性的东西，就是为了以后把这些想法当作自由派的意见来介绍。每个人都可以当"自己的老板"，更多的人应该得到"一种自由自在的感觉"，他用讽刺挖苦的口气引用他们的话。艾斯基尔和平常一样是反应过度了。他不愿意理解，他们造的那些句子只不过是一种花头经，为了在市场推销他们的新想法。他们不过是为了能把这些想法卖给工会的人，还有那些和我一样的老不死的家伙。

但是贡纳尔没有看明白，对他来说，那个历史性的关头早已经过去了。好几年前就已经在失忆中间出现了一种洞察力的裂缝。在我的文件夹里，有那么一页或者也许是两页，说的就是这个，不过现在夹子里面就只有一两页白纸了。要不是在最后面的内容目录里有一个标题，写的是"一个有洞察力的瞬间，震撼了瑞典的几个小时"，你可能还会以为，这几页白纸夹在那里，是准备贴什么报纸上的剪报，或者留下来做什么笔记的呢。可是你看，相应的文字全都不见了。人在一瞬间把握的东西，都消失在一片空白里了。也许是好久好久都咬紧牙关不吐一个字的"忠诚"，最后发出了一声痛苦的叫喊，也许是"忠诚"看明白了自己的状态。反正，那个标题是说明这个的。

不管怎么说吧，很明显，整个国家都受到了这种清晰看法的影响。有那么一两个钟头里，应该有过一种类似的做出反应的愿望。**那**个曾经是贡纳尔的重要时刻，现在对他来说已经太晚了。已经再没有什么人还能记得住这种让人吃惊的洞察力。没人记得住，只有我的文件夹。

现在贡纳尔的日子可不好过了，事实上也几乎不是什么危险的事情，更是让他难为情而已。要是"忠诚"有那么一会儿是对批评开放的，现在又是决定一切的了，也许是搞乱了的，不过依然还是很有分量的，就和《圣经·旧约》一样的。自由派的杂草必须除掉。必须把那些预言灾祸的人的口封牢，让他们说不出话来。此外，失忆也已经让所有长远的改造都不可能了。我们唯一的出路就是顽固地抓牢我们已经有的东西。一个有生命的左派，在一种最最自然而然的意义上，其实就是保守派。像我这样一个老牌社民党党员，应该很容易松一口气。不过我还有一个儿子啊。

"忠诚"对我们什么都了解，会在我们的颧骨后面窥伺到我们的脑子里去，还会带着怀疑去考察我们的肠子里到底装了什么好吃的东西，它自然还知道我保存的材料，知道贡纳尔想在里面寻找到支持。可是，"忠诚"也有什么感官吗，能理解历史可能是非常危险的？它是不是也会失忆呢？

我担心，在某种意义上说，"忠诚"有一种自己内部长出来的记忆，就算它不能记住所有的不公正的事情，它也能认出它的敌人来。

贡纳尔毫无疑问就在人家瞄准的靶子中心。并不是说他有什么生命的危险。但是下一次他到这里来的时候，也许手腕上就没有什么手提包了。他能找到这里就不错了。

也许只有他脸上还剩下一个很大的受了折磨的惊奇样子。就好像他刚刚从一个梦里醒过来，在那个梦里他已经很接近什么伟大的目标了，可是现在就是要他的命，他也记不起那是什么事情了。

尽管我自己也很愿意看到，哪天我从超市买了东西回家的时候，会发现我那本伟大的"历史"也不见了。

不过，如果有人把贡纳尔的那个外在记忆充公了，或者毁掉了我的材料，那也不会是他们通常期望从我这里得到的牺牲吧。也许他们更愿意看到我自己阻止了贡纳尔。是啊，这当然是他们的想法啊！他们还期望我把这些材料也烧掉，这些材料对体面的事情提出挑战已经有足够长的时间了，而现在成了一种危险。我当然会阻止贡纳尔，不过不是通过举起我的干枯的胳膊，不是用把厨房里的菜刀捅到他身上的方法，还用一种询问的目光朝天上看：耶和华啊，现在你对我满意吗？不，我要用极简单的方法，我就走到厨房的洗碗池那边去，在池子里把我的文件夹全给烧掉。你瞧，我家里也没有壁炉，要是跑到外面野地里去烧，我也不敢。我就在洗碗池里点把火烧了算了。要是家里的木头着了火，把厨房烧成了地狱，**这个**也算不上最大的牺牲吧。

听起来真简单真容易——太容易太简单了。实际上还

108

有另外一种可能性，明显要糟糕多了，也许就因为那样也更有可能发生。请你原谅我，我的声音都发抖了。真实的牺牲，其实不仅仅牵涉到我的儿子，还牵涉到我在人民学院里吸收到身上的那个精灵，没错，那个围绕在早先那些战士的那个完整空间里的精灵。我想我开始明白了。

"忠诚"期望从我这里得到的就是要忠诚地处理我的那些材料，我应该自己拿掉那些让人不舒服的纸张，然后把比较适合放在有效图画里的记忆纸条和文件加进去。事实上，我必须一直感到这样的压力。我当然知道，"忠诚"最喜欢看到什么。这不是一个本来怎么样的问题，而是**应该**怎么样的问题。我应该修正历史——就算要付出眼下会变得不清楚的代价也行！对了，以前我肯定已经把自己的耳朵也弄聋过，这样就听不见那些信号了。人家对我一直是太宽容了。不过现在到了关键的时刻。现在没有任何怀疑的余地了。

如果我同意在文件夹里掺点假，那我同时就把贡纳尔也变得不那么危险了。他要从一个歪曲过的材料出发，设定一条完全行不通的路线，这么一来，他就在边缘之外的什么地方消失了。而且呢，将来的时候，"忠诚"就会得到保险，就没有人再敢做这种愚蠢的尝试了。

我怎么能拒绝这样的好事呢？

问题只是，我是不是已经回应了那个并不显眼的召唤而自己还不知道？我是不是已经把我的材料瞎弄过了，而我自己一点记忆都没有了？我时不时地提起的这种忠诚的失忆，或者自愿的盲目，它真的就像我的笔记所说的那样是自说自话的，也是那么同情人的吗？那些震撼了瑞典的几个小时——为什么那几页在文件夹里都变成空白了呢？对这件事情**我**就完全无辜吗？也许是吧，因为不是这样的话，我就肯定会把这一个透露秘密的标题从内容目录里删掉了。也就是说，要是我还记得的话。我不知道，我真他妈的什么都不知道。"忠诚"可以看穿我们每一个人内心的阴暗角落，也没听说它会对你温柔体贴，而它到现在也还没有来打扰我，这个事实不管怎样说明"忠诚"对我还是满意的。也许不是完全满意。不过，它一定认为我的脾气还是对头的，而且我自愿地做了那么多的修改润色，所以它还是敢于相信我。

在这种情况下，"忠诚"还是允许贡纳尔时不时到我这里来，让他觉得自己在这里能找到坚实的基础。因为重点是要他好好地去教会自己懂得，姜还是老的辣。

现在你也许开始明白了，为什么这间小公寓里充满了悲哀的气氛，那么巨大的悲哀，甚至让胳膊都会感到痛，连墙壁都会感到痛。你肯定也会在空气里感到它。就算你没有注意到别的事情，也会注意到这个房间里人的动作会特别慢，想事情的时候也特别费神。甚至把身体里的屎尿弄出来都特别难，我都不敢去操那份心。

　　这些明明是我的忠诚，那是没的说的，曾经也加入了创建那个大"忠诚"，慢慢也变成了让步和顺从，变成了背叛，变成了牺牲品，倒让它又强大又自满，像是那个老神仙，不过让我活得没滋没味，嘴里就像有一条臭鱼。

　　你就从短短一天的角度看看"忠诚"吧：那是生活保障的最后归宿，如果不说那也是一个破旧的归宿。你对那些最初的蓝图一无所知，那是乌托邦，是希望，曾经照亮

111

过我们的劳动。长久生活在"忠诚"里的人，就像我这样的，最后呢，发现自己活在一个只是半成品的王国里，在这个地方，你把一大部分大家共同的梦想都丢掉了。有一个妥协的地狱，一个苍白无力的话搭起来的地狱，在那里面你会一点一点地放弃你的信仰，还有一个影子王国，在那里你把自己最亲近的人当牺牲品贡献出去了。你要和那个比我们每个人都伟大的东西同生死共患难，所以它就有权力要我们把一切都交出来。

我可以想象，其他人的地狱是因为什么都记不住，是因为丢掉了自己的亲人，还有生活的方向。我的地狱呢，恰恰相反啊，都是因为我还记得牢啊，因为我在一个红色文件夹里还有这段历史啊。你别误解我。最让我痛苦的不是我被迫放弃那么多我自己的东西。真正困难的事情，是我们大家共同的梦想，变得我自己都不认识了。

依然还有我自己也搞不清楚的事情，就是说我们在哪里搞错了。我能看到的是一件跟着一件荒唐的事情，每件事情看上去都是我们自己做的决定的残酷无情的后果。不过我他妈的就是看不明白，所有这些事情都是怎么搞到一起的。只看明白了，历史是会欺骗我们的。而这种责任还是用这样或那样的方式落在了我们头上。

一件困难的事情，是我们现在谈到的最后这个阶段，在我这个文件夹里几乎没有什么文件记录。他们也不会再让我知道任何事情了。肯定已经有很长很长时间我的信箱里再也没有丢进来什么东西了。要不是你今天来采访我，我还以为这张报纸都停办了呢。电视当然还有，一天二十四小时不停地放，就怕他们的工作人员忘记了他们在干什么。不过那都是些嘻嘻哈哈搂搂抱抱的事情，都是些不刮胡子也不梳头发的人在那里开开玩笑，他们其实都不敢回家去，只会为我们在电视台演播室里喝喝咖啡，在拉上睡袋的拉链之前对我们挥挥手说声晚安。我们很多属于左翼的老人，曾经对这种媒体能提供的一切都抱有很大期望，不过我们还是像平常一样都屈服了。实际上的电视很快就学会了把现实变成了一张皮。他们的图像还是用什么方式从外面弄进来的，不过依然是些碎片：尸体啦，连续的打枪声音啦，政治家的面孔啦，都是没有什么前后联系的。电视上的那些职业人士，真的会裁军的艺术啊。我们目睹了很多感动人的事件，但不需要被感动。电视播放的其实就是沉默。

所以更多的事情就不让我知道了。在我这个三十六平方米的小地狱里，控制一切的就是沉默。悲哀，还有那些忠诚的沉默。所以就没有更多的纸页了。现在我朝外看的地方就是窗户这边的椅子，外边的街道上也没有特别多的事情发生。

就是这个楼房也没有什么可说的了。从扔垃圾的洞口散发出来的臭味是持续不断的，还混杂了孤独和衰老的气味。只有一两个房客是和我一样比较稳定的常住户，一个是在邮局工作的干瘪老太婆，她也给自己弄了一根能找回家的安全带；还有一个也是灯干油尽的老海员，他把地址当纹身刺在手腕上，这样就不会忘记了。此外就只有些临时的住户了，他们在晚上弄一个写着名字的纸条，和很多其他名字纸条一起贴在信箱盖子上，还用一个弯曲的钉子把打破的门插好，或者在最好的情况下用一把挂锁。到了早上他们要出门的时候，他们很快就忘记了前几个小时里哪里是他们的家。在这个楼房里，人们是不会分享互相的存在的。别人是快乐，还是绝望，跟你都没关系。能看见我们内心的，还看到肾脏里去的，就只有"忠诚"了。我们能明白的唯一的声音就是属于它的：有关生活保障的诺言，还有让你忘记它的提醒。人人都很有保障，也都很孤独，完完全全的孤独。

因为缺少外面来的证据，我就教会自己从沉默中读出东西来。你得仔细听。你有没有听见人行道上的脚步声？没听见啊，不管怎么说你还是看到一群穿破烂牛仔裤的人从窗子外面走过去了。他们的鞋底几乎没有碰到地面。我能从我自己的胸膛里感觉到他们遭受的罪。他们害怕，在下一个时刻，他们就会被一阵狂风刮走了。要打开**那个**沉默的钥匙在这里，就在有数字5的这些标签页后面。这个文件夹会告诉我们，我们刚才看见的走过去的那些人，是一些失业者。不对，不是走过去，是飘过去的。尽管我们做了所有的努力，这样的人还是越来越多，我们看到的不过是其中的几个。

而且地狱还在用艾斯基尔的声音对你小声说："就是因为我们的努力才会这样啊。"

我们的伟大创造无论如何是资源有限的。这是你也知道，"忠诚"到处都在，对什么都要负责任，也把所有人欠下的债务都承担起来了，还要管我们大家都能吃饱，能把鼻涕都擤干净，而且不要忘记把脑子里的看法换成不过期的有效的看法，在我们需要增加人口的时候会催促我们赶紧上床，最后呢，为了我们去梦几个好梦。

只要问一个问题就够了：它怎么干得了？我现在想到的主要还不是资源都在外流，因为工业是完全不讲情面不要脸的，都开始搬到国外去了。不，我想的不是这个，是更加深刻的事情。"忠诚"本身的基础，归根结底说吧，是我们对我们的同胞信得过。你就瞧瞧我好了。我是一个体面的瑞典老头子，我从来不去疑神疑鬼，怀疑什么人会背叛我出卖我，不相信人家对我当面说的话。你进我这个房间的时候，我也没要求你出示身份证。我连你姓什么叫什么都没问。早先我什么都不在乎，连门都不锁。在我们这个国家，我们互相都信得过。"忠诚"本来也应该是同一个意思。它应该对所有人都是开放的，也应该把所有人说的话都当回事。

一直到最近这段时间，它本来是能做到的。它完全可以依赖我们不做作的虔诚的情感。和其他所有人一样，我从小就知道，做人得有担当，这种道义是我们生下来就带在骨头里的，这时候你再说什么责任都会让人反感。

可是到了八十年代，好像一切都变了，那次谋杀就让我有一段时间可能看明白点。我好像已经告诉你了吧，在这段沉默的时间之前，先有过一个疯狂的阶段，那几年人们可以随随便便地互相出卖，谁出的价钱高就卖给谁，而且债台高筑，高到了天上去，那时候越来越多的人选择只拿钱不干活的职位，还都有叫起来很好听的漂亮的名字，还有越来越多的人瓜分的东西，其实是我们的将来。什么虔诚，就一笑了之，全都烟消云散了。

也许，事情很简单，"忠诚"就是过度劳累了。也许它就是被沉重的负担压垮的，因为越来越多的人开始偷偷跑掉了，或者是在有机可乘的时候再多捞一把，人人都在黑暗里，而且还是孤独的。我们没有一个人还记得住。

要说"忠诚"真的是劳累过度了，这个我可以在某一个这样的沉默里读出来。就在这里，文件夹的最后这个地方，我写了几行字，可以帮助我找到线索。这些字可以说明，为什么悲哀的气味在这个房间里特别浓。最近这段日子，来自"忠诚"的安慰也已经取消了。我的意思是说那个姑娘不来了。她本来每星期来我这里一两次，帮我开开门窗通通风，然后握着我的手说说话，让我那些黑色的念头也随风就吹走了。

不过"取消"也是一个错误的词。实际上我看见她顺着外面的大街走过来了，还在街心花坛那边转了弯朝我们的大门走进来，还朝我坐在窗户旁边的地方挥了挥手。她甚至已经解开了大衣的扣子，拉掉了头上的围巾。我听见大门又关上的声音。然后我就没有再看见她了。她肯定进了我们这个楼房，进了这种能把人吸走的孤独，跨上了那些危险的发白了的楼梯板——可她不见了。她都没能走到我的门口。

我当然马上就去打电话了。你自己可以在这里读到我写的笔记："话筒里只有沉默，一种有微弱呜咽声音的沉默，好像是从遥远的风里来。"我打了好多次电话，每次还把日期时间都记下来。可每次的结果都是一样不变的：

"同样的呜呜咽咽的沉默。"

我当然也尝试过，要从夹子里的那个最大的沉默里读出什么东西来。肯定也让你想到过了，在城里面本来应该有大群大群的人，熙熙攘攘吵吵闹闹，差不多就像把蚂蚁窝捅翻掉了个儿。可什么都完全是沉默的——没有警笛，没有人跑来跑去救援，也没有人试着在街道上钻个洞，这样可以赶快放开血管，要不然就会血流不止了。你当然已经知道，没有人去求救，因为**不会**有任何事情搞错。

不过，我在这个微弱的呜呜咽咽的沉默里读到的东西还不止这些——瞧这里，这个文件夹里有一两个地方能帮我的忙。我一定已经告诉你了，在不同的紧急情况下，我们会从社会里找来什么团体帮忙，有时候是这个团体，有时候是那个团体，让他们参与一点决策——这些团体里有工会，有帮你填彩票组合的玩家，有残疾人的组织，有民间的舞蹈团体，帮助酒鬼的醒酒会，当然还有**上帝**。"忠诚"最后会把所有人和所有的东西都集中在自己的大旗之下。可惜，我的记录太零碎太少了，没法把所有的事情都搞清楚——这一次也没有人会怀疑，我们的安全措施会有一天全都完蛋的。我现在能感到，我们还没有真正理解我们投入的是什么事情，就已经在我们的创造里塞进了那种特别的机制，这种机制会自动地防卫自己，在有什么事情搞错了的时候，抵抗任何修理。我能听见的就是这个，那种紧闭了嘴不说话的沉默，是来自所有这个光荣事业里有份儿的业主，都不愿意知道任何帮助。

也就是说，这个被痛苦折磨的肉体还是会疯狂地维护自己，抵抗任何医治的手段，就算是你用某种方式已经让它明白，它实际上是病到了什么程度。在这种情况下，你就是给它下猛药也没有用了。算我们不凑巧，就在盖房子本身的中间，就盖上了没法治好的病，这是不治之症。

所有这些问题，其实我早都很熟悉了。熟悉得很长久了，那程度就和**那一次**最后几天的绝望一样。它考虑得确实很小心周到，尽管它的力量已经不够用了，承担得还是越来越多，结果就崩溃了。最后散架的是那些牙齿，那些咬紧的牙齿：**不许**你找到任何毛病和弱点。至少在有那么大的责任的时候不行。我第一次看到这种情况的时候，还只是十几岁的孩子。

你大概可以认为，在你我就现在还有的洞察力里面，应该还有一点希望的火星存在吧。你的意思当然是说，要是我们理解"忠诚"是怎么感觉的，那我们还是赢得了不少东西啊。不过，我可不敢肯定，我们是不是**能**理解。我还没有把全部的真相告诉你呢。

反正以后我还是会跟我的沉默继续坐在这里。最后几页上的那个重复来重复去的"沉默",多多少少还是可以让人搞明白的。"忠诚"受到的压力太大了,它要出门到世界上去干一场,这个时候真的没时间来对付我们这些问题。在它的力量其实正在衰退的时候,这样一次出门旅行真是冒险的行为。它还有自己的很多纠缠不清的事情要考虑呢,比如说在多灾多难的欧洲那边要做的一次接着一次的神秘交易——还不用说国内的情况也够糟糕的。我想,最近买下来的就是伦敦。

不过,这样的麻烦事情也不够用来解释"安慰"为什么不见了。她几乎就已经到了我的门口了呀!

沉默其实也不仅仅就是沉默。我刚才还告诉你,我在电话听筒里听到一个很轻的、像金属发出的哭泣的声音。最后一次我终于搞清楚了我没有听到的是什么。你看,我在这里就写了:"电话里又是这种沉默。不过它听起来就好像母亲到了最后那个时候,还拼命努力不要叫喊。"

还是剩下了最难说的事情要说。有一部分你显然已经猜得到了。我已经看见你疑惑的眼神，先是看我已经收拾好的行李箱子，然后转过去看艾斯基尔。你已经注意到，有些事情不对头了。我的蓝裤子里还有折叠尺，父亲做木匠用的划笔也在裤兜里，它们都在应该在的地方，还有方格子红底蓝色的工装衬衫，有建筑工会头徽的帽子，穿旧了的翻毛皮工作鞋等等。自然还有在更正式的场合用的那些颜色半暗的装备，不是我自己的漂亮的暗色西服，而是那件半灰色的夹克，一条西装裤子，本来是配一件老的小方格的西服的，所以全部这些东西就给人留下一个很俭省的退休工人的印象——安排节目的人说，衣服要有一点让人感动的特色。好像一个人说外国来的词说错了，但又不能让人感觉是有意的。所有这一切，你一定明白，都是为

121

了配合我在这个代表团里的角色，连我的胡子都要留给人一点久经考验的爱国者的印象。代表团把我也包括进去其实就好像是一种道德的保证，有人说，就是过去那种船头上的雕像。在外国人的眼睛里，我这么大年纪，就是瑞典工人运动的真实体现，到了能让人感到好奇的程度。他们肯定以为他们能从我们这里学到很多东西。在德国，还有它的那些卫星国家，他们完全自然地把瑞典福利社会的建设看作他们摆脱自己的社会悲剧的一种可能性。

但是，艾斯基尔的衣服到哪里去了呢？你的目光是在问这个问题。我是不是也要为他准备行李？不论我到哪里他总是跟着我的。他本来也不需要带很多衣服。当然要有一把牙刷；他要张开嘴的时候可不能闻起来像个坟墓。还有几件非常轻便的衣服。他自己的来自三十年代的旧衣服他很久以前就穿烂了。他现在穿的那件黑衬衫，还有很薄的棉布裤子，那是他从我的衣柜抽屉里找到的唯一还能穿的衣服。更重的衣服他挂不住，一下就会掉下去了。

所以我什么行李都不给艾斯基尔收拾。这里我就要谈到最难说的事情了。你看他什么样子，用手把耳朵都捂上了。他不敢听我说这件事情。他知道，我们这次去南方旅行的时候，他会在路上的什么地方消失了。就是这么决定的。谁都不敢冒这个风险，在那里讨论问题的时候让他突然插进来，大讲他那套没有头脑的意见。他能给人的东西，已经被社青团保留下来了，而且转变成了明智有用的看法。在这个结成了联盟的欧洲，我们认为瑞典要发挥带头的作用，那当然要让无政府主义的声音沉默下来。除此之外，有关我们在国内现在怎么安排的事情，他是不肯闭嘴不说的。他正是为数不多的看得明白的人之一啊。

"艾斯基尔你就别再提了。"有人对我这么说，而且不再多说一个字。他们让我自己琢磨剩下的意思。我预料有一个特别的小组，一个和党的领导机构有关系的小组，会在去南方的旅行中处理他的事情。过去人们说的是把黑色的虱子从红旗的折缝里熏掉。现在呢，当生活都崩溃了四分五裂了，也没有人真正能搞明白为什么，那人们要甩掉的就是那些提出警告的预言家了。我就不用说什么名字来麻烦你了，因为这些名字再也没什么意义了。我们所有只站在那里不说话的人，其实也就是默许了这种消灭。不过，现在也只有我一个人还知道，曾经有过什么大家要默许的事情。艾斯基尔是属于和我同样的过去，我们的区别就是他从来没学会怎么闭住他的臭嘴。

这是过去从未有人要我做出的最严重的牺牲——不管怎么说，我还是必须对这次行动表示默许。你甚至可以相信，我会感到轻松，从此逃避了每天晚上的争吵，但我其实很害怕，害怕一个人孤伶伶地面对自己的看法。你的正确不过是因为禁止反对意见发出声音。而且不管怎么说他还是我的兄长。此外，我认为"忠诚"会算计错误，尽管它也满足于看到效率。没有艾斯基尔，我就不是我了。我需要他，为了让我自己保持生命，为了说服我自己时不时地自我更新——就是人变老了也还必须更新吧。他是我的一个不可缺少的部分，我现在才看明白，可已经太迟了。我们在一起，既可以谈强大的福利制度，也可以谈每个人的人格独立性和自由发展。我们在一起本来可以做到的。

可是，他们又不敢冒什么风险。

你可以想象，我们这次欧洲巡回访问的过程中，如果艾斯基尔在路上什么地方丢失了，那我们带给人的是什么信息。全都是一个梦想，但有更坚固的边缘。一个打扫得很干净的人民之家，凡是离经叛道的异端邪说都被吸到水泥板里去了，在所有人的脑子里，凝固起来的都是同样的典范思想。在我们的道义力量的作用下，我们要在这个世界上占据领导的位置。我们国家虽小，在良心上却是个超级大国。不过，我们在南边活动的时候也可能发生问题，从陈旧的裂了缝的正确思想里会扬起灰尘来。

我们也不可能指望我们在南边的顾客耳朵根子都特别软，一听就相信我们的话。我们的货物要夹在滑头滑脑的商人们之间的缝隙里让人看见，这些商人会冷静地计算出宣传价值和实际价格之间的关系。我们到南边的欧洲大陆去教他们一点政治的羞耻心和社交的体面，而这也是不便张扬的。他们会从各种角度检查我们的实际模式，看看是不是有什么错误。那我们怎么能掩盖住裂缝呢？我怎么能够避免泄漏缺少了谁呢？而且这付出了什么代价。

我南下欧洲的时候，除了悲哀，什么都没有。

我注意到了，你看到艾斯基尔的背这么摇晃，也感到非常痛苦。只要他愿意转过身来，再面对我们，而不是额头抵在墙上站着，那就好了。无论如何他也掩藏不住他的感觉。我受不了。就是他整夜骂我，也比这好千百倍。

那个宽大的脊背和那个战栗的脖颈，提出的问题比我们在欧洲南边的顾客能够提出的问题更加痛苦。一个什么也不说的艾斯基尔，要比一个跟你总是吵架的艾斯基尔更加可怕。那些肩膀在要求你说出"忠诚"的真正价钱的说法——现在我们谈的可不是什么输出的模式。我放弃的是什么？我用我的沉默表示同意的又是什么？我用我的让步一点一点地建立起来的又是什么？艾斯基尔的沉默要求我们给个说法。

你有没有看到，这个箱子里紧贴后边放的是什么？那个小红本子，一直在嘟嘟哝哝自言自语想说出什么？那不是我放在那里的，肯定也不是你放的。这肯定是艾斯基尔放的，尽管他几乎什么都提不动了。也许他用了一根铅笔做杠杆。或者可能是用那个木头搅棒的尖头，我用它来捅刚烤好的粗麦面包试试是否烤熟了。所以，他费了九牛二虎的力气，出了一身臭汗，就是为了把这本薄薄的小本子弄到这个旅行箱子里！

你要愿意你就可以把这个小本子拿起来看看，只是你看完再放回去就行。封面里第一页上写的是"一个青年社会主义者的日记"。也没有写满很多页。它也没有交代很多发生的事情，不过是团体的几次会议和几个团员的一次郊游，一次示威游行。在这些记录之间，从这十多页纸里嘟嘟哝哝自言自语说出来的，是我对一个社会的看法，在这个社会里我们不仅平分果实，而且承担同样的责任。还有我的信仰，我相信在一个更深刻的生存状态中每个人都有机会变得成熟——最后，还有我的不安，因为在中心位置的权力越来越大。

我知道，艾斯基尔在我收拾行李的时候帮我放上这个小本子，他是要做什么。这不是对我的责备，至少不是直接的责备。不，他放进这几页纸，就像很久以前女人出远门之前，要把寿衣也包在行李里一样。他是愿意永远在我年轻时的热情里安息。

作为回报，他愿意给我他的眼睛，反正他自己很快也用不着了。我真的很吃惊，那些眼睛一次又一次地要进入到我的眼睛里。而那个时候我看到的东西，会让我感觉我的心就像一堆干马粪。

是啊，我也参与了在建立权力中心的事情。很明显，这个建筑变得他妈的出乎意料的巨大，不过我承认，一个强大的权力中心不管怎么说还是可以保证很多人的特别是弱者的安全。我没有料到的是，这个中心有一天会是那么繁琐地拼凑起来的，会需要那么多的能量，结果就开始自以为是了。艾斯基尔的眼睛迫使我提出疑问：要是这个无法预料的脑袋，或者我们叫做妙事的东西，要是它开始变了，那会发生什么情况？要是这个脑袋开始硬化了，还不愿意知道它的这种状态，那会发生什么情况？如果在僵化的思想和决定开始从这个脑袋里掉出来的时候，它同时又拒绝看到这一点，那会怎么样？

事实上，有关这样的事情，你最好闭嘴不谈，可是我最近可能得到了一点点艾斯基尔的口才。我也不认为我有权力向你隐瞒我的有罪的念头。我已经泄露了我们社会的一些毛病，一种非常严重的毛病，严重到它都不想知道任何治疗办法了。不过，不管怎么说，这是更加糟糕的事情。你刚才还认为，如果我们能明白"忠诚"在遇到困难时的感觉，那我们能赢得很多东西。现在你开始明白了，对于那些在陈旧的灰色细胞里活动的东西，我们其实一无所知。它想的事情也许越来越僵硬，是越来越内向的思想，也失去了对我们所有一度梦想过的和计划过的事情的记忆。"忠诚"说话的时候，我就再也听不见母亲的声音了。

现在已经没人能够对付那个透明的脑袋了，还有这个脑袋越来越荒凉同时也越来越固执的想法，不论是党还是工会或者人民运动或者反对派都没用。至少贡纳尔还有他那个已经搞得迷迷糊糊又很大胆的小组也不行了。这个脑袋是在他们所有人上面的一层楼。他们唯一能做的事情就是走到它下面去，让它在他们头上做事情，相信它会考虑到他们的利益。这是艾斯基尔的眼睛迫使我看到的。

参加这件事情时间最长的人，也插手把所有这些建立起来的人，就是我。我用我自己的双手参加了这件事，把这个华丽的事业建立起来了，而这个事业现在这么糟糕，急需帮助——可是对那些还关心这个事业的人，我只会不客气地瞪上一眼。我背叛了那些不管怎么样还努力想救治一把的人，甚至背叛了我自己的哥哥。

但是，当我现在要从这个我长久一生都全心全意相信的事情里听听声音的时候，除了沉默我什么都没听见。一种时不时还被一种尖利的声音划过的沉默，而我也没有能力去解释。

这个其实就是地狱。你知道，每个人其实都在给自己盖一个小小的地狱。这个就是我的地狱。

我想，我让你留在这里的时间足够长了。我还要去收拾我的行李呢。你需要回到你的编辑部去，或者回到你现在上班的什么地方去，去写你的关于这个工人的文章，这个工人被称为和世纪同年的孩子。不管历史是什么光泽，你当然可以小心地擦掉一点，反而可以涂点别的东西，能直接吸引读者的东西。

不过，请你把我描绘成有价值的代表，一个真诚地体现我们工人运动的人。不管怎么说，我努力这么做了。我背叛人的时候，那也是为了不被迫去背叛更大的东西。我这个老年人的悲哀，你不要说得太多。我的地狱归根结底是我自己的私事。而且你不要让人看到我用我哥哥的眼睛看到的东西。

作者后记

有关本书开头的章节，我必须感谢老工人马丁·斯戴尔马克，他在《每日新闻报》一九七二年的一篇采访中讲述了资本家们如何破坏布朗廷在洪斯堡区广场上组织的罢工集会，以及他本人怎么样跟随布朗廷到了后者在王后街的住宅。不过在斯戴尔马克的讲述中，从来没有出现任何革命性的事态。

之前，我曾经在诗歌《布朗廷第二次哭泣》中用过这个当事人的描述，后来收入了三部曲的诗集《晚近的瑞典》中——这本诗集概括地说是我的小说系列的草稿，后来在诗歌《任务》中有进一步的刻画（收入诗集《生命的尝试》中），也是这部小说的前期准备。

我愿意将本书题献给马丁·斯戴尔马克，他已经在五年前去世，和我的小说人物马丁·弗雷德正好同年。

谢·埃

译者后记：二十世纪左翼运动的历史反省

　　记得本书作者在介绍瑞典诗歌的演讲里，谈到自己当年和特朗斯特罗默（二零一一年诺贝尔文学奖获得者）拜同一位老师学习诗艺，起点是同样的，但后来方向不同，在创作中逐渐发展出不同的个人风格：特朗斯特罗默比较注重表现"自然的人"，而作者更关注"社会的人"。诚哉斯言。从社会的角度去写人，探讨社会对人的命运的影响，那么作者从诗歌再转入小说也是很自然的事情。《失忆的年代》小说系列每一部都是以一个"社会的人"为主角，既是人物个性的塑造和人物命运的展现，也是透视人物生活于其中的社会背景及其历史，揭示社会的问题和弊端，具有深刻的社会批判意义。这正是作者在总序中所写的："好像一部社会史诗，浓缩在一个单独的、用尖锐笔触刻画的人物身上。"因此也可以说，作者不仅是诗人和小说家，同时也是一个有知识分子良知的、严肃和目光敏锐的社会批评家。

从"社会的人"这个角度去看，"失忆的年代"小说系列之四《忠诚》最能体现出作者社会批评方面的创作用心。小说主角马丁·弗雷德是生于一九零零年的瑞典老工人，也是二十世纪瑞典工人运动的积极参与者，不仅亲身经历亲眼目睹了这个运动的发展，而且还是有心人，把历史保存在自己的一个文件夹里，因此在这个失忆的年代成为一个不可多得的见证人。小说开始时，弗雷德被选为二十世纪之子，就要参加一个瑞典工人代表团到欧洲的巡回访问。他一边准备行李，一边接受某家报纸记者的采访，和这个系列前几部一样，小说就在他一个人唠唠叨叨绵绵不绝的叙述中展开，好像完全是独白，但始终有一个说话的对象，表面看是那位记者，其实也是作者强调的"你"——读者。

弗雷德面对的问题，可以简括为"忠诚"的问题。这个词汇，在另一种语境里，也可以比较自由地翻译为"党性"，也更容易让读者理解。弗雷德是个忠诚的社会民主党党员，也因为这个巨大的"忠诚"而需要做出个人的妥协。这也可以解释为"个性"服从于"党性"。这点和他的强调个性而且有无政府主义倾向的兄弟艾斯基尔形成了鲜明的对照，弗雷德也因为"忠诚"而付出了背叛和牺牲兄弟的昂贵代价。

小说塑造的是"社会的人"，批判的是社会的现实，从这点来看，作者承继的还是欧洲批判现实主义的文学的传统，是塑造和展现"典型环境中的典型人物"（恩格斯语），"失忆的年代"因此也是一个小型的巴尔扎克"人间喜剧"式的小说系列，但是作者在表现形式上有很多创新：一方面是独角戏一样由主角滔滔不绝叙述的语言流，另一方面也不拘泥于"细节的真实"（恩格斯语），而采用现代主义的手法，甚至荒诞和夸张的手法。比如在《蔑视》中主角得了失重症飘浮起来，甚至贴到了天花板上；《忠诚》里的老工人因为怕失忆找不回家，出门领退休金都要用线把自己连到门把手上，甚至用纹身的方式把地址刻在手腕上。荒诞的时代当然可以用荒诞的手法来表现。

在小说主角马丁·弗雷德的背后，铺展开的是二十世纪瑞典社会发展的全部过程：社会民主党代表的工人运动通过议会道路执掌政权，建立了一个举世瞩目号称"瑞典模式"的福利国家。但是，在表面的富足和平安宁之中，却隐含着冲突甚至暴力（对首相的谋杀），从经济基础到上层建筑到处都布满裂缝。在强调了对团体的"忠诚"的同时，却牺牲了个性的发展。

作者在一次接受记者采访时说，实际上《忠诚》里的这个社会框架，也是整个系列其他人物的生存背景。其实我们还可以把这个框架放得更大，放到整个欧洲甚至全世界的背景中去看，可以看作二十世纪欧洲和世界各国社会发展的历史背景，这是一个左翼运动蓬勃展开的世纪，一个社会主义思潮不断冲击的世纪，而瑞典正是一个有代表性的范例：瑞典是欧洲第一个工人阶级政党通过普选掌握政权的国家。

二十世纪左翼运动的社会实践肯定有相当的成就，但不可否认，它也造成新的社会问题，现在笼罩欧洲的金融危机里，其实就包含着左翼思想的后遗症。庞大的国家机器，慷慨的福利制度，本身是一种美好的梦想，但大都陷入困境。作者在《忠诚》中提到的资本与这种福利制度的合谋，其实也正是金融危机的本源。在这个意义上，《忠诚》是有先见之明的，有相当深刻的批判现实的意义，也是对二十世纪左翼运动的历史反省。

与这个小说系列里其他几部比较，《忠诚》是最贴近现实本身的，其中写到的布朗廷和阿尔宾都是实有其人的瑞典社会民主党领袖，长期出任瑞典首相。小说中被谋杀的首相克利夫，明显是指一九八六年二月被谋杀的瑞典首相帕尔梅。阿尔瓦和贡纳尔及搭积木的孩子等也都可以对号入座，找到原型（参见有关缪道尔家庭的译注），根据作者写的后记，小说主角马丁·弗雷德的原型是瑞典老工人马丁·斯戴

135

尔马克,《忠诚》开头的资本家用啤酒扰乱一次罢工集会的描述,也是他在记者采访中讲述的真实故事。而瑞典左派对西班牙内战的人力物力支援,都是实有其事的。所以,《忠诚》不仅是一部社会小说,也是一部历史小说。

正因为作者对二十世纪左翼运动有所反省有所批评,而对被谋杀的瑞典首相帕尔梅的"封圣"现象另有一番自己的解释和讽刺,所以《忠诚》发表之后,瑞典社会民主党里有不少人对作者群起而攻之,有些人还把作者谩骂为"右派鬼子(högerspöke)"。但也有评论家指出,足够形成悖论的是,作者的出发点和大多数批判现实主义的作家一样,往往倒是有左翼色彩的。在我看来,批评未必总是来自敌人,《忠诚》这样的批判现实,有可能倒是作者的"第二种忠诚"。

最后,我对瑞典汉学家马悦然不辞辛劳审阅全稿表示衷心的感谢,同时感谢小说作者本人的答疑解难以及我的妻子陈安娜在翻译中给我的一如既往的帮助和指点。感谢上海世纪出版集团世纪文睿公司总经理邵敏先生亲自编辑本书。

万 之

2013 年 12 月 1 日于斯德哥尔摩